AU PLUS PRÈS
DE L'ÉTERNITÉ

Du même auteur

Zayni Barakat
Seuil, 1985
et « Points », n° P1078

Épître des destinées
Seuil, 1993
et « Points », n° P925

La Mystérieuse Affaire
de l'impasse Zaafarâni
Sindbad / Actes Sud, 1997

Les Délires de la ville
Sindbad / Actes Sud, 1999

Pyramides
Sindbad / Actes Sud, 2000

L'Appel du couchant
Seuil, 2000
et « Points », n° P1170

Le Caire
(avec Denis Dailleux)
Chêne Éditeur, 2001

Les Récits de l'Institution
Seuil, 2001

Le Livre des Illuminations
Seuil, 2005

GAMAL GHITANY

AU PLUS PRÈS DE L'ÉTERNITÉ

TRADUIT DE L'ARABE (ÉGYPTE)
PAR KHALED OSMAN

OUVRAGE TRADUIT AVEC LE CONCOURS
DU CENTRE NATIONAL DU LIVRE

ÉDITIONS DU SEUIL
27, rue Jacob, Paris VIe

Titre original : *Muqârabat al-Abad*
Éditeur original : Nahdat Misr, Le Caire
© Gamal Ghitany, 2000
ISBN original : 977-14-1231-0

ISBN 978-2-02-069165-9

www.seuil.com

Moments

Aucun repère qui permette de se situer, je suis étendu, absorbé dans ma lecture, profitant de la lumière uniforme, levant les yeux de temps à autre pour chercher l'horizon à travers la vitre. Ce n'est pas une fenêtre mais plutôt une baie vitrée occupant toute la largeur du mur.

Une ample bande de sparadrap blanc laissant apparaître un léger renflement, du côté gauche une bande identique d'où sort un cordon connecté à un petit appareil. Je sais que mon cœur est relié au moniteur suspendu dans l'angle droit de la pièce, que j'aperçois quand je me lève pour parcourir la courte distance me séparant des toilettes. Les lignes défilent sur le moniteur, certaines régulières, d'autres sinusoïdales, et puis des chiffres. Je n'ai pas cherché à m'arrêter pour comprendre, pas plus que je n'ai posé de questions, j'acceptais tout ce qui m'environnait, de même que tout ce qui émanait d'eux, me soumettant au moindre examen, répondant avec minutie aux questions posées sans rien dissimuler de mon intimité ; ma curiosité de naguère m'avait déserté.

J'écoute les bruits du néant, attendant l'arrivée de Magda… Elle met un point d'honneur à se présenter sous son plus beau jour, m'aidant à passer le temps, remettant de l'ordre dans la pièce… Je transite par elle pour obtenir ce que ma pudeur m'empêche de réclamer directement à l'infirmière.

Je m'arrête quelques instants pour scruter un point indéfini ; je suis ceint dans un imperceptible voile de tristesse dû à mon état de faiblesse et à cette résignation devant ce que j'ai eu à subir et ce qui m'attend encore. Je suis passé par des phases où rien de ce qui traversait mon corps ne leur était inconnu.

Je me suis habitué aux palpitations subites, les soubresauts ne se sont pas encore apaisés, mon cœur doit prendre ses nouvelles marques, discipliner son cours. Cette agitation à l'intérieur de moi, je la surveillais attentivement, au comble de la lucidité, mais il n'y avait rien qui fût en mon pouvoir. L'écran suspendu devant moi n'était qu'un parmi d'autres ; par la suite, j'ai su que la même image était transmise à d'autres moniteurs répartis dans les différents services spécialisés chargés de scruter l'état de mon cœur. Plus tard, les symptômes que j'avais éprouvés la première fois ont fini par s'éclairer.

L'infirmière a fait irruption, à son expression j'ai su qu'il était arrivé quelque chose, même si je ne ressentais rien qui justifiât son effroi visible ; elle a jeté un bref coup d'œil au moniteur, s'est emparée de mon poignet. De toutes celles qui se relayaient à mon chevet, c'était elle la plus belle, on eût dit qu'elle marchait sur la pointe des pieds, un lien occulte reliait sa démarche à son regard, une aura telle qu'on se sentait inspiré et revigoré.

J'ai interrompu ma lecture, détachant les yeux des lignes de *Moby Dick*, me plongeant dans un état d'expectative. J'ai eu la sensation de me cramponner à un mince filet d'espoir tandis que je notais pour elle mon adresse au Caire... Qui sait ? Peut-être viendrait-elle m'y rendre visite un jour.

Trois personnes ont franchi la porte. Parmi elles, deux médecins, les premiers à se présenter dans ma chambre chaque matin pour prendre de mes nouvelles. L'un est un homme courtaud et toujours affable, aux yeux vert émeraude ; le second, plus grand, me rappelle Zâhir, un garçon assez enveloppé que j'avais comme condisciple au collège, il habitait le quartier d'Imbâba. Ils étaient accompagnés de l'assistante médicale, cette femme assez corpulente qui, une fois n'est pas coutume, ne sourit pas.

Après qu'ils m'eurent entouré, l'assistante s'est saisie du cordon qui retenait ma chemise d'hôpital fermée dans le dos et a tiré dessus, de sorte que ma nudité s'est accomplie entièrement devant eux. Il n'y a eu aucune réaction de ma part, je n'ai même pas tendu les mains pour me couvrir, un réflexe qui pourtant m'est naturel pour peu que mon intimité se trouve exposée contre mon gré – c'est arrivé une seule fois, au pénitencier de la Citadelle, quand on m'a bandé les yeux avant de me forcer à me déshabiller pour l'interrogatoire ; même la douleur éprouvée sous les coups de poing, de matraque et de gourdin n'avait pas réussi à me faire sortir de la position recroquevillée que j'avais adoptée pour dissimuler ma verge et mes testicules.

Cette fois, bien sûr, il en va différemment, la situation ne me cause guère d'embarras, je suis résigné, totalement apprêté à tout ce qui peut m'arriver, état d'esprit qui ne me quitte guère depuis qu'ils m'ont installé sur un fauteuil roulant et traîné d'un couloir à l'autre, d'un observatoire à l'autre, jusqu'à ce que nous arrivions dans la salle de radiologie, avec sa machine sophistiquée installée dans un recoin – c'est le patient qui doit aller à elle et non l'inverse. Je me suis défait de mes vêtements et me suis tenu entièrement nu face au médecin, une jeune femme élancée, au regard doux, avec laquelle je me trouvais seul dans cette pièce étroite. Elle a procédé aux réglages, manipulé quelques boutons et m'a demandé d'inspirer profondément, je n'ai pensé à rien d'autre qu'à exécuter les ordres et à accomplir ce qu'on attendait de moi du mieux que je pouvais. Voilà à quoi j'en étais désormais réduit.

L'homme aux yeux verts a pressé la commande actionnant la partie supérieure du lit, qui s'est rabattue vers l'arrière, à présent j'étais totalement allongé. L'assistante a scruté mon visage, puis le médecin qui ressemblait à mon ancien condisciple a approché un appareil, il a enfilé à mon poignet une sorte de large bracelet de cuir. Tous me dévisageaient intensément, je les ai dévisagés l'un après l'autre, mais ils ne manifestaient pas la moindre réaction, semblant attendre un signal dont j'ignorais la nature exacte. Je m'étais habitué à ne pas poser de questions, à ne pas m'enquérir, moi qui avant l'opération nourrissais une curiosité exacerbée, moi qui ne cessais de comparer, de convoquer les moments et les physionomies, de faire part de mes observations.

De fait, depuis que je suis revenu à moi, depuis quc j'ai fini d'émerger de l'anesthésie, mon attitude a changé, je me suis replié sur moi-même, suivant les événements sans commenter, observant sans comparer, écoutant sans discuter, dans un état d'acceptation silencieuse, tendu dans la crainte du moindre incident, prêt à accueillir sans surprise le moindre imprévu.

Je ne m'inquiétais pas de les voir debout en cercle autour de moi, de sentir les minutes s'égrener lentement, je me contentais de jeter des coups d'œil tantôt à l'appareil, tantôt à l'écran du moniteur suspendu en hauteur… Je ne ressentais rien d'autre qu'une certaine mélancolie qui m'a incité à porter le regard vers la fenêtre. Là, j'ai subitement cessé de retenir les larmes qui me montaient aux yeux, ému de la vitesse à laquelle s'étaient déroulés ces moments.

Interrogatoire

En entendant mon nom discrètement appelé dans le haut-parleur, j'ai d'abord pensé qu'on allait m'emmener en consultation, mais l'accompagnatrice – une Américaine d'origine égyptienne, au visage jovial et à la voix enjouée – m'a expliqué que le médecin me verrait plus tard, cet après-midi à cinq heures. Pour l'instant, nous n'en étions qu'à la première étape : la personne que nous allions rencontrer maintenant était une assistante chargée de conduire un minutieux questionnaire ; dans la hiérarchie médicale, elle était moins qu'un médecin, mais plus qu'une infirmière, statut intermédiaire sans équivalent dans les autres pays. Ensuite, il y aurait les résultats de la dialyse, et puis l'examen dentaire – une bouche saine est un préalable essentiel à l'opération –, et puis d'autres analyses encore pour s'assurer de l'absence de toute contre-indication

– bref, le jour le plus long. « C'est un peu comme la "tournée des semelles [1]", en quelque sorte ! » a-t-elle conclu en riant.

Dans cet hôpital si lointain de ma patrie, le parallèle m'a paru saugrenu, comme un effluve de mes journées révolues, à présent hors de ma portée, impossibles à rattraper. J'avais atteint un point où j'étais aussi éloigné de mon passé que de mon avenir, je n'étais déjà plus dans l'hiver dernier et ses instants crépusculaires, disparus pour laisser place au printemps, mais pas encore dans l'hiver prochain censé lui succéder, avec ses fins d'après-midi agitées par une brise glaciale… Plus rien ne faisait de différence, j'acceptais tout ce qui venait, me soumettant docilement à ce qu'on exigeait de moi, désireux d'accélérer l'arrivée du moment décisif où il faudrait sauter le pas, pleinement conscient de la lourdeur de ces préparatifs, passant d'un interlocuteur à l'autre avec la même indifférence. Je plaquais sur eux des images puisées dans ma mémoire plus que je ne les voyais réellement devant moi, y compris ceux qui prêtaient attention à ma parole et se préoccupaient

1. Pratique de l'administration pénitentiaire égyptienne consistant à subordonner la libération effective d'un détenu à l'obtention, auprès de chacun des gouvernorats du pays, d'un certificat attestant qu'il n'est pas recherché – démarches qui s'effectuent pour la plupart à pied. *(Toutes les notes sont du traducteur.)*

de mon sort. Au fond, j'étais dans le passé plus que dans le présent.

C'était une petite pièce conçue pour la confrontation davantage que pour l'examen et l'auscultation : deux sièges se faisant face, rassemblés dans un espace exigu mais néanmoins séparés, avec une chaise supplémentaire pour l'accompagnatrice chargée de traduire les propos qu'on échangerait avec moi. Comme il n'y avait pas de quatrième siège, mon épouse a dû s'installer dans la salle d'attente, non loin de là.

C'est alors qu'elle est entrée, pleine d'énergie et de vivacité, douée de séduction, sans toutefois déclencher ce trouble que provoque habituellement l'apparition féminine – phénomène que notre maître Ibn Hazm[1] a décrit dans *Le Collier de la colombe*. C'est là une chose que je sais depuis que ma conscience s'est formée : l'irruption d'une femme en quelque endroit altère le milieu, modifie la donne. C'est un signal envoyé à l'homme pour qu'il déploie le meilleur de lui-même ; le seul fait d'apercevoir une inconnue traversant la rue chamboule mes sens et bouleverse mon état.

Avec sa taille altière, c'est indéniablement une belle femme. Ses traits ne laissent filtrer aucune expression,

1. Philosophe et théologien andalou, mort en 1069 à Badajoz (Espagne). *Le Collier de la colombe*, traité consacré à l'amour ardent, est une de ses œuvres majeures.

elle s'acquitte de sa tâche avec une neutralité parfaitement maîtrisée. Elle m'interroge verbalement avant de consigner mes réponses sur des feuillets fixés à un sous-main métallique.

Gamal al-Ghitany, né le neuf mai mil neuf cent quarante-cinq dans le village de Guhayna, sous-préfecture de Tahta, gouvernorat de Suhâg – anciennement Guirga.

Elle manifeste son étonnement d'un léger froncement de sourcils, je remarque la couleur de ses yeux, un bleu très pur ; j'explique que le nom du gouvernorat a changé.

Elle prend note, bien que ma réponse n'ait pas dissipé sa perplexité.

Oui, c'est cela... Deux enfants qui venaient avant moi sont décédés, le premier s'appelle Khalaf, il est mort avant ma naissance, le second, Kamâl, a rendu l'âme dans les bras de ma mère à l'entrée de l'impasse Darb el-Tablâoui, tandis qu'elle revenait de la consultation chez le médecin, place Bayt el-Qâdi.

Non, je ne sais pas comment le premier est parti mais, pour ce qui est de Kamâl, ma mère a raconté qu'une rougeur lui était apparue sous l'oreille droite, accompagnée de poussées de fièvre... Ni les médicaments du médecin ni les talismans du cheikh 'Ateyya n'y ont rien pu... C'est une amulette avec des inscrip-

tions destinées à guérir la maladie. Oui... c'est un peu comme de la magie.

Je ne suis pas bien sûr du nombre d'enfants décédés après moi, mais je me souviens très bien de Muhammad, il est né après mon cadet Ismaïl mais avant la petite Nawâl... Oui, c'est le prénom de ma sœur. Muhammad est tombé malade après notre retour de Guhayna – nous faisions le voyage jusqu'au village chaque été. Je me souviens bien de sa fatigue extrême, de cette langueur qui ne l'a plus quitté jusqu'à son départ ; il est mort ce vendredi-là un peu avant les premières lueurs du jour, de même que mon père est décédé à l'aube, de même que ma mère...

Pour ce qui est de mon père, il n'y a eu aucun signe avant-coureur, je n'ai pas assisté à son dernier souffle – il faut dire que j'étais en voyage. C'est par mes frères et mes proches que j'ai su ce qui était arrivé. C'est une histoire bien étrange. C'est la première fois que je parle ouvertement de cette nuit-là[1] *; je ne l'ai pas directement vécue mais on m'en a fait le récit. Il est rentré vers vingt-deux heures, à l'issue d'une longue*

1. On appréciera ce clin d'œil de Ghitany qui, au moment de cette remarque, a déjà consacré à l'événement en question un ouvrage de quelque neuf cents pages, *Le Livre des Illuminations* (trad. Kh. Osman, Seuil, 2005). Il est vrai qu'écrire n'est pas « parler ouvertement ».

expédition au cours de laquelle il a visité le tombeau d'al-Husayn...

Il s'agit d'un mausolée saint.

Oui... moi aussi je le tiens pour sacré. Aux environs de deux heures du matin, il a commencé à tousser. Mon frère dormait dans la chambre d'à côté ; il est ingénieur militaire, il devait se lever tôt le lendemain. Au commencement, le père a tenté d'étouffer le bruit afin de les laisser dormir, mais lorsque la crise s'est aggravée, ma mère s'est réveillée, mon frère s'est alerté, puis ma sœur et mon frère cadet. Ce n'était pas une toux ordinaire, plutôt un raclement de gorge. Tandis qu'ils se pressaient autour de lui, il les a dévisagés à tour de rôle, il était encore conscient, les sens en éveil. Soudain, il a pris la parole pour s'adresser aux présents : « Pardonnez-moi... »

Je m'interromps ; à cet instant précis je me rends compte, alors que seize ans se sont écoulés, que le cher bien-aimé, aujourd'hui disparu, est décédé des suites d'une crise cardiaque. Bien souvent il m'est arrivé de rendre louange à mon Créateur pour la miséricorde qu'Il m'a témoignée en faisant que l'agonie de mon père ne dure en tout et pour tout que quelques minutes. Le passage s'est fait en douceur, son corps n'a pas été atteint par cette décrépitude qui rend impotent, il n'a pas connu cet âge avancé où la vieillesse se mue en sénilité, cette étape où l'homme devient un fardeau pour ses proches. Souvent je me suis pris à rêver pour moi d'un sort similaire, jusqu'à ce que ces douleurs me reprennent inopinément… Elle interroge :

– Qu'en est-il de votre mère ?

C'est vrai que je n'ai pas assisté à l'instant fatidique, puisque je suis arrivé alors qu'il était déjà trop tard, néanmoins ce que j'ai pu voir des traces de l'ultime combat, et puis les explications que j'ai reçues d'un médecin de mes amis auquel j'ai rapporté le déroulement des événements, tout cela a contribué à m'éclairer…

– Leur connaissait-on des maladies ?

En ce qui concerne mon père, je l'ignore ; il était solide, endurant, pour lui se rendre chez le médecin relevait de la sensiblerie. Ma mère, en revanche, était traitée pour diabète, hypertension et artériosclérose – elle a découvert son diabète après ma sortie de prison.

Je ne connais pas sa date de naissance…

En Haute-Égypte, il arrivait qu'on ne déclare pas les nouveau-nés… Surtout les filles.

Je ne sais pas, mais, d'après mes estimations, elle a dû naître vers mil neuf cent vingt-trois… Ce n'est qu'un sentiment, il n'y a rien pour le corroborer.

Oui… il se peut que ma propre date de naissance comporte une marge d'erreur.

Non, non… tout au plus quelques jours… peut-être… je ne suis pas sûr.

Oui, les crises de migraine, je crois que je suis né avec, ce sont mes plus anciennes douleurs, elles sont généralement précédées de l'apparition d'une tache blanche.

La crise la plus ancienne remonte à mon enfance, je devais avoir cinq ou six ans. La douleur était perçante, elle s'est déclarée après le surgissement de ces points de lumière éblouissants.

Ça commence par un tout petit point, quelque part face à moi, sans que ce soit toujours au même endroit ; au bout de quelques instants, le point s'unit à un autre et grandit jusqu'à former ces taches de lumière exténuantes qui m'aveuglent, après quoi elles s'estompent à mesure que la douleur se diffuse à travers mon corps. Je sors de ces crises accablé, épuisé…

Oui, oui, ma grand-mère m'a emmené voir le muqaddes *Qaïssar, dans la ruelle des Nassâra*[1] *; il tenait un commerce de tissus mais était réputé pour son aptitude à guérir les maux et les douleurs. Après avoir*

1. *Muqaddes* est le titre attribué à un homme versé dans la religion chrétienne ; les tenants de celle-ci sont communément appelés *nassâra* (nazaréens). La ruelle en question a probablement reçu ce nom du fait d'une forte concentration de riverains de cette confession.

écouté ma grand-mère lui décrire les symptômes dont je souffrais, il a apposé la main sur mon front en récitant des incantations et des formules d'exorcisme. Puis il s'est levé pour se rendre dans son antichambre, en est revenu peu après avec du marc de café agglutiné dans une petite assiette plate ; il en a recueilli dans ses doigts une boulette qu'il a modelée soigneusement – il a dû s'y reprendre à deux fois – avant de me l'appliquer sur le front, après quoi il m'a demandé de fermer les yeux et de ne les rouvrir que lorsque la douleur aurait totalement disparu…

Fréquemment, parfois jusqu'à trois fois par semaine… Et puis il y a eu un répit d'une décennie environ, peut-être davantage, à partir de trente ans. Depuis quelques années, le phénomène se répète de loin en loin, mais la douleur est plus aiguë. La crise ne dure pas plus de trois ou quatre heures, mais je garde la tête lourde des jours durant.

C'est par le plus grand des hasards que j'ai eu connaissance du mal dont j'étais atteint : malformation de la valve mitrale. C'était en soixante-treize, je ne me souviens plus des circonstances précises, mais je souffrais d'épuisement chronique… Le médecin était clairvoyant : il a écouté mon cœur à l'aide du stéthoscope et m'a demandé si j'avais déjà été atteint de fièvre rhumatismale. J'ai dit que je n'en savais rien.

C'est vrai, je n'en avais pas la moindre idée.

Je crois que ça remonte à cinquante-six, on aurait dit qu'on me plantait des aiguilles dans les poumons. Le médecin de l'école m'a prescrit des médicaments, des capsules de couleur rouge, mais je suis quand même resté alité pendant quatre jours... Je me souviens encore des douleurs de poitrine.

Non. Je n'ai pas été hospitalisé : faire appel à un médecin n'était pas dans l'ordre habituel... Les mêmes douleurs ont recommencé il y a deux mois et demi.

Un malaise suivi d'une brûlure se propageant dans toute la poitrine. Au départ, j'ai été soigné pour ce qu'on croyait être une perforation du diaphragme.

Ça arrive tout le temps.

J'ai eu ma première relation à plus de vingt-deux ans – vingt-trois, pour être précis. Oui, j'ai été fumeur, narghilé et cigare, ça a duré environ un quart de siècle, non, plutôt une trentaine d'années, peut-être un peu plus ; j'ai arrêté avec l'apparition des malaises.

Je ne bois que très rarement, quand je suis en voyage.

Uniquement du vin, épisodiquement de la bière.

Je dors en moyenne cinq à six heures par nuit.

Je me réveille épuisé – il faut dire que je me couche très tard. Je me rends à mon travail chaque matin, puis je rentre à la maison en milieu d'après-midi. Après avoir déjeuné, je m'offre une petite sieste ; j'en ai besoin pour pouvoir entamer ma deuxième journée, dédiée à mon travail personnel, lecture et écriture…

Non.

Quelquefois il m'arrive de marcher, mais depuis qu'on m'a alloué une voiture de fonction, il y a de cela quelques années, je ne marche pratiquement plus…

Parfois… c'est vrai que le stress de la journée est extrême…

Je reçois beaucoup de visiteurs, avec lesquels j'ai de longues discussions. Parler m'épuise…

Ma grand-mère ? Elle souffrait de diabète…

Nous avons découvert le diabète de ma mère en soixante-sept.

Non… je ne me suis jamais évanoui, je n'ai jamais perdu connaissance.

Au bout de six ou sept marches d'escalier, je commence à faiblir…

Non, je n'ai jamais ressenti ce que vous dites…

Oui, deux : Muhammad, vingt ans, et Magda, seize ans.

Abîme

Il n'a pas réussi à déchiffrer la composition du produit, rédigée dans un jargon médical incompréhensible imprimé en fins caractères blancs, lignes très rapprochées, parties effacées ; quant à la couleur du liquide, elle oscille entre le brun foncé et le rouge criard, avec une nuance de bleu évoquant la teinte du ciel par une limpide journée d'été.

Où a-t-il bien pu… ?

À quelle époque a-t-il eu l'occasion de contempler cette nappe azuréenne ?

À présent, il ne saurait le dire avec précision ; les moments révolus convergent, se brouillent, leurs contours s'estompent jusqu'à se confondre, il n'en subsiste que des signes pointant les vestiges d'une époque qui ne se laisse ressusciter qu'avec difficulté.

Il se saisit du flacon bleu, il n'a souvenance d'aucun savon, solide ou liquide, qui aurait eu cette odeur. De sa mémoire pourtant il extrait une réminiscence – un savon lisse enveloppé dans du papier fin, entouré d'un ruban vert aux bords effilochés, avec une inscription en lettres argentées :

SAVON CHAHINE DE NAPLOUSE

La pâte était mélangée à de l'huile d'olive. Le logo est resté clairement imprimé dans sa conscience, oblitérant tout le reste, désignant une époque, repérant une période dont ne subsiste que l'écho.

Il referme soigneusement la porte ; dans l'espace de la salle de bains rectangulaire, il est tout à fait seul. Vingt-deux heures vingt… Il ignore où il sera à cette même heure la nuit prochaine, après l'opération : soit en train de reprendre conscience dans la chambre de soins intensifs, soit emmailloté dans un drap épais, son corps inerte préservé grâce à la substance qu'on lui aura injectée en attendant les formalités prescrites en pareille circonstance. Il n'a pas négligé cette éventualité : à l'intention de sa femme qui attendra patiemment qu'il ressorte, il a rédigé des instructions sur la marche à suivre.

Il est maintenant… vingt-deux heures vingt-trois…

Demain matin à onze heures, il doit se présenter dans

le service chargé de mettre les patients en condition pour l'opération, mais les véritables préparatifs commencent dès maintenant : il faut apprêter son corps en prévision de l'incision, les lames stériles sont déjà prêtes, dans quelque recoin du bâtiment voisin.

Il se place bien droit face au miroir, applique sa main sur son torse ; s'il lui est donné un jour de contempler à nouveau ce spectacle, ce n'est pas cette image-là qui se présentera à lui. Dans le hall de l'hôpital où, chaque soir depuis son arrivée, il prête l'oreille à ceux qui, l'ayant précédé sur la table d'opération, reviennent passer ici leur période de convalescence avant de rentrer définitivement chez eux, il lui est arrivé d'observer à la dérobée leur cicatrice. Celle-ci était recouverte d'un pansement qui remontait de sous la chemise pour atteindre ce point situé au-dessous du larynx, là où convergent les clavicules.

Ils aiment ressasser ce qu'ils ont subi, rapportant des fragments de conversations ponctués de commentaires ; leurs propos sont entrecoupés d'instants de liesse et de gaieté communicatives. Ils n'ont pas ménagé leur peine pour lui prodiguer des paroles de réconfort et des conseils, pour lui dire à quoi il devait s'attendre.

Aura-t-il seulement l'occasion de les imiter, de s'installer confortablement pour relater ce qu'il a vécu ?

Il est parfaitement calme, comme s'il scrutait sa propre image depuis une distance indéterminée. Il se défait de sa montre, la dépose sur la tablette de verre. Demain on lui rasera le torse – pas question de le faire lui-même, ils doivent avoir une technique bien rodée. En revanche, il va s'occuper des poils de l'aine, même si c'est éloigné du champ d'action du chirurgien.

Champ d'action ?

Il sourit tristement. L'incision de son torse, en vue d'accéder à son cœur dissimulé dans son antre profond, fait désormais l'objet d'une mission, d'une tâche à accomplir… Lentement il se met à l'œuvre, les poils ne sont pas très fournis, la dernière fois qu'il s'est épilé, c'était il y a trois semaines, il sonde la texture de la peau, la déclivité autour des testicules. Il ignore sur laquelle de ses cuisses ils vont prélever un fragment d'artère fémorale pour le greffer sur son cœur.

Il est satisfait, sa peau est douce, bien lisse aux abords du bas-ventre ; il observe les poils qui glissent en direction de la bouche d'évacuation du bac de douche, et s'interroge : pourquoi l'homme répugne-t-il à ses propres rebuts ? Ceux-ci n'étaient-ils pas partie intégrante de lui ? Et puis pourquoi tant de zèle déployé à apprêter sa peau et à en éliminer les poils, puisqu'ils ne le lui ont pas demandé et que le livret qu'on lui a remis ne comporte aucune instruction en ce sens ?

Après en avoir fini, il se coupera les ongles soigneusement – ça aussi c'est une initiative de sa part. Une initiative...

Un sourire mélancolique se dessine sur ses lèvres... L'eau gicle tout d'abord à grands jets, puis se mue en fines rigoles qui serpentent parallèlement sur son corps, le mouillant entièrement. Comme il recule d'un pas, le rythme d'écoulement de l'eau s'altère, son corps ne faisant plus obstacle au jet déferlant. Après avoir débouché entièrement le récipient, il recueille une dose du produit sur sa paume, commence par se l'appliquer sur le cou, d'avant en arrière, puis sur son torse. À peine le liquide brun a-t-il touché sa peau qu'il change de couleur, virant à l'orange – à moins que ce ne soit une teinte plus foncée encore... il ne saurait le dire avec précision, il faudrait tenir compte des reflets de la lumière.

Il déplace sa paume ouverte au-dessus de son torse, dans un mouvement circulaire, sa main remonte, redescend, puis passe à ses bras, glisse sous les aisselles, revient au-dessus du ventre, il ressent des petits picotements lorsque le produit vient au contact de l'aine tout juste épilée, il s'insinue entre les cuisses, parcourt les genoux, les mollets, se penche pour accéder aux creux séparant les orteils.

Tandis qu'il est ainsi incliné en avant, le corps

trempé d'eau tiède, les visions s'entremêlent, les vapeurs se mélangent aux réminiscences… Le bain du vendredi matin, sa mère l'aspergeant d'eau et lui frottant le dos avec le morceau de *luffa* gorgé de savon, tandis qu'il s'abandonne entièrement. Même sorti de l'enfance, jusqu'à l'âge de treize ou quatorze ans, il a continué à l'appeler pour qu'elle lave les parties de son corps qu'il ne pouvait atteindre.

« Frotte-moi le dos… »

Il n'a jamais demandé ça à personne d'autre, pas même à sa femme. Au contraire, les moments passés dans la salle de bains – avec la porte verrouillée à double tour, les vapeurs qui flottent dans l'atmosphère, des volutes de brouillard auxquelles on ne peut se raccrocher – sont de ceux qui relèvent de la plus haute solitude…

Une salle de bains respirant la vétusté et l'humidité, les canalisations déployées directement sous le plafond, percées de petits trous d'où l'eau se déverse sur les corps nus… Là-bas, dans ce pénitencier perdu au bout de nulle part, ils n'avaient droit qu'à une seule douche chaude par semaine. Dans cette promiscuité, on n'éprouve plus de pudeur face à sa propre nudité.

À présent, c'est comme s'il voyait son corps de l'extérieur, comme s'il tournait autour, le surplombant, l'observant de tous les côtés à la fois, tout comme font ces réminiscences nostalgiques qui planent au-dessus de lui comme si elles appartenaient à quelqu'un d'autre.

Il lève son bras droit, frotte les replis à l'endroit des articulations, modifie sa position : plus il frottera avec application et mieux le liquide pénétrera, investissant ses pores comme l'odeur imprègne ses narines… Une fois de plus, il est incapable de la rattacher à quelque chose de connu.

Il ne parvient pas à se rappeler dans quelles circonstances il a lu des textes consacrés au cérémonial du bain, et à l'avantage qu'il y a à commencer par la tête, « qui du corps est la partie la plus noble ». Il sourit… Et quel mal y aurait-il à commencer par le bas ? – d'ailleurs, sans le bas, pas de haut qui tienne !

Qu'est-ce que tout cela signifiait ? Pourquoi souriait-il ? Peut-être à cause de ces idées saugrenues qui lui traversaient l'esprit ; par le passé, de telles réflexions auraient été impensables. Comparé à ce qu'il a connu, ce qu'il est en train de vivre diffère du tout au tout.

Il revient à la couleur du désinfectant, qu'il contemple avec désarroi, suivant des yeux la vapeur qui s'élève en volutes et se dépose à la surface du miroir. Sa main remonte prudemment – la mise en garde est claire : le produit ne doit pas venir au contact de son visage –, avant de redescendre vers le cou, ses doigts se meuvent avec célérité ; à présent il peut presque mesurer la pénétration du liquide, le sentir qui investit l'intérieur de son corps et le fait basculer en direction de l'abîme.

Effilochures

J'essaie de démêler tout ce qui tombe sous mon regard – c'est peut-être la dernière fois que ces images s'offrent à moi. Le bureau ; les tableaux accrochés au mur, notamment cette peinture qui évoque le quartier de Gamâlieh ; la fenêtre aux larges battants ; l'horizon déployé à perte de vue. Souvent le panorama attire mes invités venus de l'étranger, c'est vers lui qu'ils vont en premier, cherchant à étancher leur curiosité par une multitude de questions. Je suis écartelé entre d'un côté l'envie de m'accrocher le plus longtemps possible à cet endroit qui m'a accueilli tant d'années, de l'autre la pulsion de partir. Le temps dont je dispose est compté, ce que je me suis promis d'accomplir encore est considérable, sans parler de ce qui est indispensable.

J'ouvre le tiroir du bureau, en inspecte le contenu avec minutie et rapidité. C'est là que je garde les correspondances sensibles, celles qui sont liées à d'anciennes liaisons ou à des amitiés fanées mais qui reviennent de temps à autre comme des échos, les adresses d'amis ici et là, les numéros de téléphone, les photographies qui sont autant de rappels pour convoquer la nostalgie et ressusciter des instants dispersés.

Ce sont les derniers préparatifs avant mon départ, prévu demain à cette même heure. Je me suis acquitté des dernières formalités et me suis acclimaté à l'idée de partir, désormais je suis prêt à toutes les éventualités. C'est avec sérénité que j'embrasse ces visions et que je trie mes affaires : timbres-poste jamais utilisés, crayons à papier diversement usés, cartes postales que j'ai tenu à conserver... La sonnerie du téléphone retentit.

À quoi bon répondre ? Pourquoi gaspiller un temps qui m'est désormais si précieux, si vital ? À la vérité, j'ai toujours eu peur des sonneries, une angoisse profondément enracinée en moi qui me saisit aussitôt que je reçois un télégramme ou que retentit la sonnerie du téléphone. J'y vois comme des signaux d'alarme, redoutant qu'il ne soit arrivé un malheur, quand bien même le malheur est aujourd'hui déployé à l'intérieur de moi... À tout moment je peux être sujet à une crise, succomber aux ondes maléfiques ; celles-ci allument un feu qui très vite se propage dans toute ma poitrine.

Mais les crises ne surviennent que la nuit ; y aurait-il un lien entre le jaillissement de la douleur et l'installation des ténèbres ?

Dring… Dring…

Je décroche le combiné ; à l'autre bout du fil, la voix résonne profondément.

Une voix calme, claire, douce, qui ne se laisse pas ballotter par les émotions ou les angoisses, une diction bien articulée – n'a-t-il pas officié comme speaker professionnel pendant plus de trente-cinq ans avant de prendre sa retraite du service public ? Grâce à son dévouement, sa loyauté, son sens de l'adaptation, il a échappé aux sanctions qui ont rattrapé certains de ses pairs qui s'étaient hissés à des postes en vue. En reconnaissance de ses états de service, on lui a attribué un emploi de conseiller dans une institution de la nouvelle économie dont les cadres, payés en dollars, évoluent dans des locaux propres et modernes, équipés de l'air conditionné et surveillés par des vigiles privés. Ceux qui ont eu l'occasion de lui rendre visite m'ont rapporté qu'on lui a alloué un immense bureau décoré dans des tons bleu et blanc, et qu'il n'y a pas un seul papier sur sa table de travail : à tous ceux qui lui en font la remarque, il proclame que c'est là un signe de bonne gestion, que le cadre efficace est celui qui ne laisse pas les papiers s'entasser devant lui – un bureau net est la preuve que toutes les affaires en cours ont été expédiées.

Je déchire deux lettres reçues il y a plusieurs années, à peu de temps d'intervalle, et que j'avais tenu à conserver jusqu'ici. En revoyant l'écriture de cette femme, j'ai l'impression d'entendre sa respiration... J'ai cessé brusquement de m'ouvrir au monde, d'être amoureux. J'ai abdiqué en pleine bataille, me contentant désormais des souvenirs restés suspendus dans mon âme et dans ma mémoire.

Où peut-elle bien se trouver à présent – à supposer qu'elle soit en vie ? Et comment prendra-t-elle la nouvelle de mon exil définitif si elle vient à l'apprendre un jour ? Je coince le combiné entre mon épaule et ma tête pour garder les mains libres.

Mon éminent interlocuteur m'annonce qu'il a composé mon numéro dès son arrivée au bureau ; c'est qu'il a réfléchi toute la nuit et tient à ce que je sois le premier informé de ses réflexions.

Je déchire deux vieilles invitations à un mariage auquel je ne me suis finalement pas rendu. Je ne veux pas laisser de traces renvoyant à des détails de ma vie, si futiles qu'ils puissent m'apparaître – cartes gardées en souvenir de voyages divers, la moisson d'années de pérégrinations : à quoi me serviront-elles à présent ? Et pourquoi les laisser à la merci des regards inquisiteurs, que signifieront-elles pour eux ? Pis, que signifient-elles pour moi qui suis à l'orée d'un voyage dont j'ai autant de chances de revenir que de ne pas revenir ?... Afin de ne pas perdre le sommeil, afin de dissiper l'insomnie, j'ai fini par trouver une sorte de sérénité, désormais j'accepte ce qui va m'arriver, je n'aspire plus à rien, si ce n'est justement à cette idée qu'il n'y a rien à attendre. C'est pourquoi je me suis appliqué à faire le vide ; il ne reste plus que ces petits papiers...

À vrai dire, mon interlocuteur n'est pas au courant et je ne veux pas l'informer, il n'a pas remarqué l'atonie de ma voix, le laconisme de mes réponses. Il m'explique que dès l'enfance il a été contraint de jouer des rôles plus mûrs que son âge. Ce qu'il va me révéler maintenant, il ne l'a jamais révélé à quiconque : en fait, il compte parmi les *achrâf*, ceux qui descendent en droite ligne du Prophète – il possède un arbre généalogique authentifié, frappé du sceau du président de l'Association des *achrâf* d'Égypte, ainsi qu'une carte d'affiliation portant le numéro quarante-quatre. Il la garde précieusement dans son portefeuille au côté d'autres documents très sensibles, comme ces passes donnant accès à certaines zones où seuls pénètrent ceux qui ont leurs entrées dans les hautes sphères du pouvoir.

Je plisse les yeux pour essayer de déchiffrer un nom

étranger. De qui peut-il bien s'agir ? Mais... pourquoi donc mettre à contribution ma mémoire exténuée, à quoi bon m'enquérir de tous les détails possibles ?

Il dit que le décès prématuré de son père l'a amené à endosser très tôt sa charge privilégiée, il n'avait que neuf ans. Dès lors, il n'a plus cessé d'être sollicité par les campagnards et les villageois les plus modestes, qui se rendaient en pèlerinage auprès de lui pour obtenir sa bénédiction, aspirant à le toucher, convaincus que ce contact leur insufflerait ses grâces. Lors du *mouled* commémorant la naissance du Prophète, il enfourchait un cheval et un habit d'apparat, voile reposé sur les épaules et écharpe d'honneur, tandis qu'on organisait pour lui une procession avec force tambours, flûtes et derviches... Mais où tout cela l'a-t-il conduit ?

Je déchire la lettre écrite sur du papier bleu. Je l'ai reçue un matin du président du conseil d'administration, il m'y informait de ma nomination, décidée à l'unanimité, comme délégué de l'Institution. Délégué ? Délégué à quoi, et où ? Je relis la missive... Mon Dieu, est-il possible que j'aie oublié ? Je me remémore un puits profond dans un vieux monastère copte – qu'est-ce qui m'a conduit là-bas ?

Il ajoute que de ce moment il a cessé de jouer avec ses camarades, le moindre de ses agissements était guetté, le moindre comportement ou propos émanant de lui était interprété. Comme cela a pu l'oppresser, comme il aurait voulu pouvoir grimper à un arbre, monter un âne à l'envers ou plonger dans le ruisseau pour s'y ébattre à son aise ! Las, il n'a rien fait de tout cela… Impossible de dévier de sa route, impossible d'infléchir le cours des événements.

Ah ! La voici qui me toise de nouveau, depuis une photographie rare que je n'ai pas le courage de regarder en face – le moindre coup d'œil suffit à épuiser mon cœur. C'est vrai que celui-ci est bien malade à présent, ses réactions sont bridées par les drogues et les calmants chargés de l'amadouer jusqu'au moment où il sera livré au bistouri du chirurgien. Comment apparaîtra-t-il à celui qui le verra après l'incision de mon poitrail et la levée des voiles ? On a beau m'avoir mis en garde contre les émotions fortes, je manque verser une larme… La photo a été prise sur l'esplanade de l'immeuble abritant le siège du Parti. C'était un hiver glacial, une température à laquelle je n'avais pas été habitué, largement au-dessous de zéro, je me suis immobilisé, souriant, après être descendu de voiture. Tout à coup, je l'ai vue sortir par une porte dérobée, elle avait dû m'apercevoir depuis la fenêtre. Elle portait un gilet de laine grise sur un pantalon également gris – elle avait laissé son manteau et sa toque en fourrure à l'intérieur. Inquiet pour elle, j'ai crié, alors elle a souri, éclatante de séduction et de détermination. Bientôt, son amie, une femme plus âgée qu'elle, l'a rejointe – c'est à elle qu'il revient d'avoir immortalisé cet instant... Je fixe l'image intensément. Est-il raisonnable d'avoir laissé filer tout cela, d'avoir voulu me débarrasser de ces souvenirs ? Comment le pourrais-je ?

Un beau jour, poursuit-il, on l'a fait venir pour lui confier une mission en Libye, il devait faire sa valise immédiatement. C'était dans les derniers temps de la royauté ; cependant, du fait d'une erreur de date dans le télégramme, son voyage a été retardé et peu après les troubles ont éclaté à Tripoli. Il a eu la surprise d'être contacté par le leader de la révolution en personne... Comment ce dernier est-il arrivé jusqu'à lui ? Comment a-t-il eu connaissance de son nom ? Il n'en sait rien. Alors même qu'il me parle, il l'ignore encore, incapable qu'il est de faire la part du vrai entre les différentes versions de l'affaire qu'on lui a données, toutes contradictoires.

Et que se passerait-il si je retournais là-bas ? Comment pourrais-je ressusciter cette photographie, seul élément tangible qui rattache cette femme à la réalité ?

Non, impossible...

La déchirer, ce serait anéantir un moment essentiel, profondément enraciné dans ma conscience, dont bien souvent le souvenir m'a aidé à passer des épreuves pénibles ; il doit sûrement y avoir un moyen de la préserver. Et si par exemple...

« Dis donc, tu m'écoutes ? »

Je reviens à la réalité.

« Mais oui, bien sûr ! »

Il me parle depuis une pièce qui doit être spacieuse, insonorisée contre les bruits de la ville, maintenue à une température agréable. La dernière fois que je l'ai vu, j'ai remarqué la teinture discrètement appliquée sur sa chevelure. Sa voix est égale, son intonation, monocorde.

J'inspecte ce qui reste dans le tiroir, me remémorant les multiples fois où je l'ai ouvert. C'est mon premier geste quand je pénètre ici : placer la clef dans la serrure et la faire prestement pivoter, soucieux d'avoir en permanence le contenu du tiroir à ma portée. Avant de partir, je donne un tour de clef pour le refermer. Quand me sera-t-il dévolu de refaire ce geste, de tourner la clef de nouveau dans sa serrure ?

Sa voix gagne un peu en intensité, il s'apprête à reprendre le fil qu'il avait commencé à tirer... Il affirme qu'il n'a rien planifié, que cette éventualité n'était même pas présente à son esprit, que nul ne l'en a avisé à l'avance, mais il faut croire que la chance s'en est mêlée une fois de plus ! C'est ainsi qu'il s'est retrouvé propulsé à ce poste d'exception, envié de tous, où il a la responsabilité de plusieurs milliers de personnes, et cela dans un contexte délicat, alors que la plupart de ses concitoyens étaient en butte aux pires turbulences politiques...

Je contemple une photographie que je viens de dénicher entre deux enveloppes, je la cherchais depuis longtemps... À ma droite, un de mes amis intimes, dans sa silhouette replète d'alors – aujourd'hui il a perdu beaucoup de poids, depuis que le diabète a raffermi son emprise sur son corps –, nous sommes assis côte à côte, le regard tourné dans la même direction, fixant un point devant nous, souriants, sereins. À ma gauche, ce mien ami qui fut mon recours et mon mentor ; son sourire est paré d'un voile de mystère que je n'arrive pas à percer...

Il n'a aucune prédilection pour ce genre de privilèges, c'est le hasard qui s'est chargé de tout, ça lui est tombé dessus comme ça, il ne savait pas s'il devait en rire ou en pleurer.

C'est un sourire à l'apparence familière, mais quelle est donc cette énigme qui l'accompagne ? Quelle vérité dissimule-t-elle ? Je n'avais pas envisagé les choses ainsi...

C'est l'éternité... mais si, bien sûr, l'éternité !

D'où l'intérêt de solliciter les avis et les conseils.

Combien n'ai-je pas cherché... combien n'ai-je pas aspiré à une découverte inattendue...

J'ai fait face, j'ai pris des décisions, mais je ne suis pas parvenu à l'essence.

J'avais beau essayer, il y avait toujours une distance.

Mais voilà, un instant précis survient qui met à bas toutes les certitudes…

Pour combien de temps ?

Dieu que cette aspiration est éprouvante, Dieu que cette aspiration est lancinante !

Pour peu cependant que l'affaire…

Se dévoile dans son entier…

Qu'est-ce qui subsiste, qu'est-ce qui se donne à voir ?

Billard

C'est toujours avec une curiosité non dénuée d'appréhension que je guettais le corridor conduisant aux salles d'opération. Je me déplaçais d'un service à l'autre, d'un étage à l'autre, d'un corridor à l'autre, parcourais les différents bâtiments composant l'hôpital, arpentais les allées couvertes et les passerelles reliant deux des immeubles répartis sur l'immense superficie du domaine.

Tout ce sur quoi je posais les yeux me concernait, même ce qui en apparence semblait sans rapport avec moi : les dépliants, les appareils placés en évidence, les médecins et les infirmiers, qu'on pouvait différencier grâce à la couleur de leur uniforme – même les blouses des brancardiers étaient d'une couleur différente.

Quant à la tenue réservée à ceux qui officiaient en salle d'opération, on ne pouvait la confondre avec aucune autre : une chemise et un pantalon d'un bleu de ciel pur, taillés dans un tissu léger pour une plus grande liberté de mouvement, un bonnet de plastique rassemblant les cheveux, des chaussures pareilles à celles qu'on revêt sur les stades, recouvertes d'une housse de plastique, tous ces éléments ayant pour point commun cette couleur bleu ciel.

Chaque fois que je passais d'un service à l'autre pour effectuer ces examens, prélèvements et analyses qui servaient de prélude à mon entrée dans la salle d'opération, je les observais, essayant de démêler leurs mouvements, de deviner la finalité de leurs agissements, et ce avec une curiosité d'autant plus aiguë que leurs déplacements paraissaient plus déterminés. Quand j'empruntais l'ascenseur, je regardais les numéros des étages défiler : premier, deuxième, cinquième – il n'y avait pas de troisième ni de quatrième, les deux étages ayant été réunis en un espace unique dont le plafond devait être très haut.

C'est du moins ce que m'avait expliqué l'accompagnatrice qui assurait la traduction quand mon anglais faisait défaut. Je réclamais des éclaircissements, soupesais les détails mais, j'avais beau faire, j'en revenais toujours à cette salle à l'intérieur de laquelle se décréterait mon destin. Je n'en connaissais pas le numéro, ni l'emplacement précis ; cependant, d'après ce que j'avais pu glaner dans diverses brochures, cet hôpital était le premier au monde par sa taille et par ses équipements, et le service de chirurgie cardiaque ne comptait pas moins de seize salles d'opération entièrement équipées, capables de fonctionner simultanément, vingt-quatre heures sur vingt-quatre.

J'ignorais laquelle de ces salles allait m'accueillir, l'important c'était qu'un espace y était prévu pour moi, une pièce qui allait devenir la quintessence de toutes les pièces que j'avais connues dans mon existence. Je ne cessais de transiter d'un bâtiment à l'autre, mais mon imagination était tout entière tendue vers ces deux étages et vers l'espace qu'ils abritaient, je surveillais les accès conduisant jusqu'à eux, et chaque fois que l'ascenseur s'ébranlait je prêtais l'oreille à l'impact de son passage à travers eux. Personne ne s'y arrêtait, car cette partie du bâtiment avait ses propres ascenseurs, interdits à l'usage ordinaire.

Je ne cessais de tourner autour, de m'en approcher et de m'en éloigner, et puis, à la fin de ma journée, je revenais m'abriter dans la résidence réservée au séjour pré- et post-opératoire. Même si j'avais là une chambre individuelle, à laquelle la sonnerie du téléphone à différentes heures du jour et de la nuit donnait une dimension concrète, je pensais sans arrêt à la salle d'opération, là-bas, essayant de deviner ou d'imaginer ce qui s'y passait en fonction de l'heure.

Lors de mes déplacements, de mes allées et venues, je n'avais pas idée de la distance précise qui me séparait d'elle ; quelquefois, je croyais être à l'autre bout du bâtiment et soudain je tombais sur un panonceau ou une indication mettant en garde contre le franchissement de certaines lignes, alors je comprenais que j'étais tout proche.

Cet après-midi-là, j'ai franchi le couloir séparant le bâtiment A du bâtiment B ; l'accompagnatrice m'a expliqué que nous avions pris un peu de retard, or il fallait que nous soyons ponctuellement à l'heure pour notre rendez-vous avec le médecin chargé de collecter l'ensemble des rapports d'examen me concernant. En fait, elle avait dû chercher à prendre un raccourci et s'était retrouvée sans le vouloir dans un couloir que je n'avais encore jamais emprunté, sur lequel donnaient des portes métalliques hermétiquement closes qui m'ont fait penser aux portillons étanches des sous-marins.

Mon accompagnatrice m'a dévisagé, devinant la question qui me brûlait les lèvres – soit qu'elle fût perspicace, soit qu'elle fût aguerrie à ce genre de situation à force d'escorter des malades incapables de surmonter leur curiosité. Elle a hoché la tête :

« Tout juste... »

Elle n'a pas ajouté un mot. Mon regard restait figé sur ce côté du couloir où donnaient les portes. Tout à coup, l'une d'entre elles s'est ouverte, non pas vers l'extérieur, mais vers l'intérieur, une femme en est sortie, revêtue de la tenue bleu ciel, avec le bonnet et les chaussures. Elle était grande et élancée ; sitôt que je l'ai vue, j'ai su de science certaine que je n'oublierais plus jamais sa sortie, son apparition soudaine sous mes yeux, son surgissement inopiné, et puis sa démarche précipitée – on eût dit qu'elle courait.

Il était arrivé quelque chose en rapport avec l'être dont le corps était allongé à l'intérieur, exactement au milieu de la pièce, quelque chose qui avait poussé cette femme médecin à sortir de cette façon, pressée qu'elle était d'atteindre un point déterminé ou de s'adresser à une instance donnée pour en revenir, munie de je ne sais quoi, et le rapporter à ceux qui dans la salle faisaient cercle autour de celui dont j'occuperais, demain ou après-demain, la place.

Son apparition était un message qu'on m'adressait, un signe renvoyant à l'éventualité de ma survie, pour peu que celle-ci me fût écrite, un instant parmi ces instants dont l'homme comprend, au moment où ils bouclent leur boucle, qu'ils subsisteront en lui ou à l'inverse s'évaporeront à jamais…

Peseur

Ainsi donc, il m'attendait !

À peine avais-je posé l'extrémité de mes orteils sur le sol de la chambre qu'il a franchi la porte, m'avançant le fauteuil roulant. J'étais envahi d'une joie euphorisante à l'idée que j'avais été capable de me rendre par moi-même à la salle de bains ; c'était une distance d'à peine deux enjambées mais, compte tenu de ma faiblesse, le simple fait de pouvoir la parcourir sur mes deux jambes, sans aide, revêtait une signification immense et m'ouvrait d'amples perspectives.

Il a désigné le fauteuil :

« Je vous en prie, asseyez-vous… »

J'ai remarqué la commande numérique au niveau de l'accoudoir, quatre boutons – un fauteuil nouveau pour moi. Jusqu'ici, j'avais toujours associé ces fauteuils roulants au handicap, ils me faisaient peur et j'éprouvais de la compassion pour ceux qui étaient cloués dessus, contraints de les utiliser pour se déplacer. Or voilà que je me trouvais maintenant dans leur situation, même si ce fauteuil-là semblait différent. J'étais désormais habitué à exécuter tout ce qu'on attendait de moi, immédiatement si j'en étais capable, ou après avoir demandé assistance dans le cas contraire. Pourtant, je répugnais de nature à appeler à l'aide, à moins d'y être contraint par une situation extrême – ce qui ne m'était arrivé jusque-là qu'une seule fois.

Je me suis installé précautionneusement, m'arrangeant pour ne pas emmêler le cordon relié au petit appareil glissé dans la poche de la chemise bleue, ouverte dans le dos, que je portais à même le corps. Une fois assuré que j'étais bien en place, il s'est retourné vers le cadran et s'est penché sur les chiffres rouges, qui ont défilé rapidement avant de s'immobiliser…

« Quatre-vingt-un kilos trois cents. »

Il a hoché la tête, inscrit le poids sur la feuille accrochée au bord du lit. C'était un grand Noir un peu voûté, j'ai su d'emblée que je me souviendrais de lui par la suite, avec son regard bienveillant, et puis cette tristesse perceptible, comme s'il était au bord des larmes…

« Comment vous appelez-vous ?

– Mike.

– Vous êtes de Cleveland ?

– Actuellement c'est là que je réside, mais je suis né sur l'île de Porto Rico, dans les Caraïbes.

– Quel âge avez-vous ?

– Cinquante-six.

– Quels sont vos horaires ?

– Je n'en ai pas – on m'appelle à toute heure. »

J'ai froncé les sourcils en signe de perplexité :

« Comment ça ? »

Il a fait un signe vers l'extérieur de la pièce.

« Quand j'ai fini de peser tout le monde à cet étage, je m'en vais…

– Et ça prend combien de temps ? »

Un sourire a illuminé son visage :

« Ça peut durer une heure comme la journée entière, voire deux jours, ou plus encore… Une fois je suis resté ici un mois entier… »

Je me suis soudain senti faiblir. J'avais une envie de conversation, mais chaque mot qui sortait de ma bouche m'épuisait autant qu'une course à pied. Je l'observais, trouvant un réconfort dans sa présence…

« Moi j'ai cinquante-trois ans, seulement trois de moins que vous, mais, si vous voulez bien, je vous appellerai Oncle Mike. »

Il a paru réjoui et m'a souhaité une bonne nuit ; il

devait y aller maintenant, il y avait un créneau pour peser la patiente qui occupait la chambre quatre cent quatorze.

Le lendemain, il est revenu l'après-midi, il faisait déjà grand jour. J'étais dans mon lit, mais je m'apprêtais à me lever pour de bon, encouragé par deux éléments : tout d'abord, ma réceptivité au corps épanoui et odorant de l'infirmière, ou plus exactement ma satisfaction à l'idée que sa poitrine et sa croupe m'émoustillaient, que leurs caractéristiques resteraient gravées en moi de manière indélébile, qu'il existait des points de jonction entre mon excitation et la perfection de ses formes – elle m'incitait à faire retour sur moi, sur celui que j'étais ; ensuite, la façon dont je m'étais abandonné entièrement à l'eau de la douche, restant seul plus de dix minutes sous le flot jaillissant qui me chatouillait.

En entrant, il s'est écrié familièrement :

« *Hi !* Comment allez-vous aujourd'hui ?

– Je vais bien, Oncle Mike.

– On y va ? »

Il a désigné le fauteuil à pesée, je me suis écarté prudemment du lit… Il a fixé longuement les chiffres rouges, lorsque ceux-ci se sont stabilisés il s'est penché en faisant la moue. J'ai décelé sur ses traits une vieille tristesse qui flottait dans son être, une tristesse qui ne trouvait pas sa cause dans l'instant présent, dans un événement tout juste survenu ou sur le point de se produire – peut-être cela remontait-il à une époque lointaine, antérieure même à sa venue au monde. Je me suis remémoré les traits de mon père et sa posture silencieuse, son absorption en lui-même, cette tristesse héréditaire qui l'accompagnait… Un flot de tendresse m'a submergé, je recevais avec bienveillance tout ce qui s'offrait à mon regard, toutes les images, les pensées, les tentatives de ressusciter des instants fuyants impossibles à recenser, des fragments de mélopée venus d'on ne sait où et que j'étais incapable de reconnaître, tout comme j'étais incapable de dater cette expression sur le visage d'Oncle Mike. Il se tenait les hanches du bout des doigts et faisait la moue.

« Vous ne mangez pas convenablement.

– Au contraire, Oncle Mike, tout ce qu'on me présente je l'engloutis… »

Il a désigné le cadran numérique, les chiffres inscrits.

« Trois cents grammes de moins qu'hier… »

Puis, secouant la tête :

« Commandez ce qui vous fait plaisir. »

Avec de l'émotion dans la voix, il a ajouté :

« Il faut que vous mangiez bien. »

Soudain, il a contracté le front, prêtant l'oreille à quelque bruit, ou guettant un signal invisible :

« Je reviens, aussitôt que j'en aurai fini avec la quarante-trois. »

Le lendemain, je l'ai attendu en vain ; j'avais pris mon temps pour déguster mon petit déjeuner et terminer mon café décaféiné, essayant de capter la lumière de ce début de journée estivale à travers la baie vitrée, pourtant il n'arrivait toujours pas.

Quand il est finalement apparu, il semblait épuisé. Il a déclaré qu'il n'avait pas quitté l'hôpital depuis la veille au matin, il avait dû subir de longues plages d'attente, dont une qui avait duré six heures d'affilée. Il a expliqué qu'il s'obligeait à attendre le moment le plus adapté afin de ne pas importuner le patient. Lorsqu'un créneau finissait par se présenter, on ne devait pas le laisser passer. Il faisait ce travail depuis vingt-six ans : au début, les balances étaient manuelles, elles étaient traînées sur des roulettes, avec les poids à part, c'était comme s'il devait peser des fruits et légumes sur un marché, les choses avaient bien évolué depuis.

Maintenant, il arrivait qu'il dût porter lui-même le patient dans ses bras pour le faire asseoir sur le fauteuil. Cet étage était réservé à ceux qui venaient de quitter les soins intensifs, c'est vrai qu'ils étaient le plus souvent allongés, mais il fallait quand même bien les extraire de leur lit un moment, leur faire accomplir ne serait-ce que quelques pas, et c'est à lui qu'il revenait de saisir l'occasion appropriée.

« Comment ça, Oncle Mike ? »

Il a tendu le cou vers l'avant.

« Je vous expliquerai ça dans un instant. »

Nos conversations s'arrêtaient ainsi sans parvenir à leur terme, il prenait congé soudainement pour revenir après un temps très variable – cela pouvait être très court ou très long. J'ai compris qu'il n'était équipé d'aucun dispositif susceptible de l'avertir que le patient quittait son lit ou qu'il était en passe de le faire. Or les chambres étaient nombreuses, disposées de part et d'autre de ces longs corridors, entrecoupées seulement par les bureaux des médecins et des infirmières et par des pièces accueillant les machines reliées au plus profond des cœurs et des artères. Certaines émettaient soudain des sifflements stridents, déclenchant tout ce branle-bas qui me faisait si peur. Au pas des infirmières ou des médecins de garde, je comprenais qu'une alerte était survenue à laquelle il fallait parer au plus vite, ou bien qu'on était confronté à une situation de crise ; dans ces cas-là je fermais les yeux et priais.

« Comment faites-vous pour deviner, Oncle Mike ?

– Après vingt-six ans d'expérience, je suis plus fiable que le plus sophistiqué des appareils… »

Il a pointé le doigt vers sa tête et vers son torse :

« Tout est là… et puis là… »

Il a ajouté qu'il était capable de soulever le patient selon une technique bien précise, qui évitait à ce dernier gêne et douleur, et lui permettait quant à lui de hisser les corps les plus lourds jusqu'à installer parfaitement leurs propriétaires sur le fauteuil à pesée. Toutefois, il préférait nettement saisir l'instant où le patient quitte son lit de lui-même : il était capable de le pressentir, de le humer presque, quand bien même il se trouvait de l'autre côté du bâtiment. Il lui arrivait de se poster à l'endroit idoine pour guetter plusieurs cas simultanément.

Dans le cours de son récit sur les particularités de son travail, il a mentionné les innombrables patients, originaires de tous les coins de la terre, auxquels il avait eu affaire, précisant qu'on comptait parmi eux aussi bien des monarques, chefs d'État, célébrités, leaders politiques, hommes de religion et stars de cinéma que de simples ouvriers, employés ou miséreux soignés grâce aux dons d'associations charitables, avant d'ajouter :

« Tous se sont assis à cette place… »

Cette tristesse ancienne s'effiloche, ou plus exactement elle reflue, sans disparaître complètement, elle atteint son apogée dans les instants où il garde le silence et lorsqu'il se penche sur le cadran numérique pour lire la mesure. Au début, il ne manifestait aucune émotion particulière, se contentant de consigner le chiffre obtenu, mais depuis que nous avons noué les fils de la conversation et que je me suis mis à attendre impatiemment sa venue quand je m'apprête à quitter le lit, il est devenu prévenant et attentionné, désireux de prolonger cette halte. Cela ne l'empêche nullement, certaines fois, de quitter subitement la chambre lorsqu'il pressent que quelqu'un, à ce moment précis, esquisse un mouvement pour se lever…

Gouttes

Au troisième jour après le réveil, le médecin a déclaré :

« Aujourd'hui, vous pouvez. »

Il ne faisait que répondre à la question que je lui avais posée l'avant-veille. Il avait le doigt pointé en direction de la salle de bains, en direction de la porte munie d'une vitre opaque qui donnait *via* un petit vestibule sur ma vaste chambre d'hôpital.

Chaque fois qu'il m'autorisait des actes qui me ramenaient à mes habitudes et à mes références familières, mes traits s'épanouissaient et je trépignais d'impatience. Apparemment, il s'était habitué à mes réactions tout comme je m'étais accoutumé à sa tranquille fermeté. À peine est-il sorti que j'imaginais déjà ma rencontre avec l'eau, le moment où je m'abandonnerais au flot bienfaisant, cette même eau dans laquelle je m'étais purifié la nuit précédant l'opération. Désormais, je ne pouvais me souvenir de la consistance du liquide imprégné de désinfectant sans immédiatement baisser la tête et diriger mon regard vers le sol.

Quel rapport ?

Je l'ignore, je n'en ai pas la moindre idée, tout comme j'ignore le rapport entre l'eau et l'eau, entre le flot qui s'est déversé sur mon corps, et dont la mouillure a humecté mon âme le soir des préparatifs, et ces gouttes que je suis sur le point de recevoir avec bonheur, enjoué, disposé, apprêté.

Je me débarrasse de mon vêtement, la fameuse chemise d'hôpital ouverte dans le dos, revêtue à même le corps et nouée par une ceinture taillée dans le même tissu bleu ciel. Je pousse la porte et contemple ma nudité dans le miroir rectangulaire qui occupe toute la surface du mur.

Une bande de gaze blanche, longue et effilée couvre la plaie, qui s'étend depuis le point situé entre les clavicules jusqu'au nombril ou presque. J'ignore quelle est la main qui a pratiqué l'incision, ni comment elle a procédé, tout comme j'ignore quelle main l'a refermée et recousue et ce qui se cache derrière le pansement…

J'étais entièrement occupé à convoquer l'époque où j'étais encore apte à recevoir l'eau, c'est pourquoi je ne me suis pas arrêté à ma maigreur visible, ni à ma difficulté à me tenir debout, à reculer d'un pas, à avancer d'un pas, à me redresser en position debout, à me mouvoir à ma guise. C'est vrai que je n'étais pas resté alité très longtemps, cependant ces velléités qui m'avaient fait prendre conscience de mon impotence étaient bien présentes à mon esprit : tantôt je me les remémorais, tantôt je revivais des épreuves similaires, alors je baissais la tête et fermais les yeux, fouillant à l'intérieur de moi, ou bien répondant à une sollicitation de ma mémoire.

La cabine de douche est carrée, j'en enjambe le rebord pour pénétrer dans le bac, avant de m'interroger : dois-je accueillir le jet d'eau de face ou bien de dos ?

Inutile de tergiverser : puisque le choix m'est donné, j'opte pour la confrontation. C'est ainsi que je me présente de face, le regard dirigé vers le haut, vers la pomme de douche légèrement oblongue, une poire métallique percée de trous.

Lentement, j'actionne le robinet, rien ne se produit, je tourne un peu plus et je reçois enfin quelques gouttes, je continue jusqu'à ce que le flot se déverse continûment, aspergeant tout mon être. Je m'ouvre petit à petit, j'apprends à renouer avec la caresse de l'eau lorsqu'elle vient au contact de l'épiderme et commence à se frayer une voie à travers les aspérités du corps, suivant un cheminement ininterrompu sans qu'il soit possible de déterminer un point de commencement ni un point d'aboutissement. Bien sûr, je pourrais me dire que c'est ce robinet qui tient lieu de source, mais ce serait une simplification outrancière, car enfin l'eau est présente bien avant, dans les canalisations, une partie en demeure celée quand l'autre accède à la lumière. Les gouttes elles-mêmes n'ont point de commencement ni de fin, et leur glissement sur mon corps n'est qu'une péripétie dans leur parcours qui m'enveloppe au même titre que je l'enveloppe, qui m'absorbe au même titre que je l'absorbe.

J'ai pleine conscience de tout le temps que je viens de passer debout, du déversement de l'eau sur mon torse. Posément, je me retourne pour mettre la plaie hors d'atteinte, le jet glisse sur mon épaule pour former un filet qui s'écoule sur mon dos, sur mon postérieur. M'aidant de la main, j'humecte les plis de mon cou et de mon entrecuisse, puis je lève les bras afin que mes aisselles reçoivent leur ration d'eau, afin qu'elles soient elles aussi atteintes par le jet bienfaisant, je ressens un léger tiraillement à l'endroit de l'incision, peut-être est-ce une réaction prévisible, dûment répertoriée, due au pansement adhésif qu'on a appliqué sur la plaie pour l'isoler.

Je tourne sur moi-même à plusieurs reprises, je

voudrais crier, pousser des hurlements sans m'arrêter, je lève les bras bien haut, fasciné par le flot déferlant, je suis porté par une énergie stimulante et subversive, je me mords les lèvres. Les contours s'entremêlent, ma vision se brouille sous l'effet des gouttes d'eau qui frappent mes yeux, je peine à démêler les informations visuelles qui me parviennent. Je continue à me mouvoir sans retenue, semant la pagaille dans mon corps, me remémorant des instants que je croyais définitivement enfuis, révolus, je ne fais plus qu'un avec cette eau – essayant d'en cerner les tenants et les aboutissants. Nous autres les humains, tout comme nous commençons avec l'eau, nous finissons avec l'eau, au point de ne plus savoir qui des deux traverse l'autre… Est-ce que ce sont les gouttes qui pénètrent en moi, ou bien moi qui me fonds en elles, comme il advint aux origines ?

Chaleur

Pulpeuse…

C'est ce mot qui a résonné dans sa tête lorsqu'elle a pénétré dans la chambre, ce mot-là qui s'est ancré encore davantage en lui à mesure qu'elle se mouvait, qu'elle allait et venait, qu'elle se penchait et se redressait, qu'elle parlait et opinait. Il ne s'est pas arrêté pour méditer sur le terme, pour en peser les connotations, pis, il ne s'est même pas donné la peine d'en rechercher la signification ou la racine étymologique, il s'est contenté de projeter son regard afin de s'imprégner et de combler sa vue.

Elle n'est pas grasse, juste plantureuse, épanouie, ses vêtements laissent deviner ses formes pleines, dans ses traits se lisent une certaine innocence ainsi qu'un soupçon de fraîcheur enfantine, mais ses pommettes sont franches et volontaires, capables de convaincre en cas de confrontation.

Il la détaille tout entière depuis son point d'observation obligé, dicté par sa position allongée sur le lit ; il est totalement résigné et pourtant une excitation mystérieuse s'est emparée de lui avec l'irruption de la jeune femme dans la pièce. Ses courbes sont là pour un but précis, une mission bien définie, elles sont le vecteur de messages codés qu'il n'est pas pour l'heure en situation de décrypter.

Il est pleinement réceptif, examinant avec attention tout ce qui défile devant lui depuis qu'il a repris conscience pour de bon, depuis qu'il a recommencé à capter les éléments environnants, qu'il parvient à en reconnaître les détails, sans qu'il soit besoin de les articuler en mots et en lettres – il lui suffit de puiser dans son abondante réserve d'expériences vécues. Quoi de commun entre son état actuel et celui de sa première venue au monde, du bourgeonnement de l'enfance ? À l'époque, l'étonnement venait de l'extérieur, quand aujourd'hui la stupeur émane de ses profondeurs intimes, surgie d'abysses lointaines.

Les murs sont blancs ; quant au plafond, il arbore une teinte ciel indéfinissable, entre un bleu clair et un blanc vague – difficile de faire la part des choses.

Elle est vêtue d'une blouse verte et d'un pantalon blanc ; les couleurs des vêtements sont des signes chargés de sens, cela il commence à le comprendre... Aujourd'hui, c'est elle, l'aide-soignante, qui s'occupe de lui. La première fois qu'elle a pénétré dans la chambre, elle s'est dirigée droit sur lui, précédée de son sourire. Il s'est tourné vers elle faiblement, flottant sur une vague paisible due aux calmants qu'on lui a administrés à son insu, pour l'aider à supporter les douleurs consécutives à l'incision des os et de la peau, même si cette douce torpeur est quelquefois entrecoupée de palpitations soudaines où il voit un signe que son cœur ne s'est pas encore adapté à son état balbutiant, inédit.

Elle lui a adressé un signe de la tête avant de faire le tour du lit pour examiner les feuillets fixés à une planchette, puis a déclaré :

« Eh bien c'est parfait… tout va pour le mieux ! »

Elle a pivoté sur elle-même et a traversé la chambre jusqu'à un tableau de bois sombre situé juste en face de lui ; à la craie blanche, elle a inscrit :

INFIRMIÈRE RESPONSABLE : ISABEL
AIDE-SOIGNANTE : KATHERINE

Elle l'a regardé en souriant… Désignant la deuxième ligne, elle s'est touché la poitrine du bout des doigts ; pour finir elle a articulé son prénom avant d'esquisser un geste d'adieu. À peine avait-elle quitté la pièce qu'il se languissait déjà d'elle, il aurait voulu qu'elle revienne. Il a pensé à presser la sonnette d'appel – près de ses doigts se trouvaient des boutons grâce auxquels il pouvait mettre en marche le téléviseur ou modifier l'inclinaison du lit pour trouver la position la plus confortable, et aussi appeler l'infirmière – mais il n'en a rien fait, se résignant à l'attente.

Juste après l'opération, il était incapable de faire la différence entre le jour et la nuit – la saison est estivale et le soir ne tombe qu'aux approches de minuit. À présent, il sait que trois équipes se succèdent à son chevet, néanmoins il n'a pas voulu s'enquérir de l'heure afin que le moment de son apparition soudaine demeure une surprise.

Les traits de toutes les autres sont demeurés flous, bien qu'il y eût parmi elles de fort jolies femmes, éclatantes de séduction. L'une d'entre elles était infiniment gracieuse, on eût dit qu'elle dansait lorsqu'elle se mouvait d'un point à un autre, elle lui tendait le médicament comme on offre des fleurs rares et délicates ; mais il y a loin d'elle à Katherine.

Quoique sa position le contraigne le plus clair de son temps à garder les yeux rivés au plafond, il a tout de même la liberté de porter son regard où il veut, en direction de la fenêtre, de la porte, ou encore de la télévision suspendue en face de lui – il n'a pas cherché à suivre les programmes, n'a même pas essayé d'allumer le poste, il n'a rien demandé.

Ah !…

Une palpitation a agité son cœur, occasionnée non par l'opération chirurgicale qu'il a subie mais par l'irruption ensorcelante. Le regard qu'il porte désormais est plus enveloppant, plus ample, plus complet, plus profond.

Tout dans sa démarche est féminin ; elle possède un corps de rêve, depuis la racine jusqu'aux extrémités. Sa venue l'enchante sans qu'une parole soit prononcée – une aubaine dans cette phase où parler l'épuise.

Il est rivé à ses moindres mouvements, se prend à espérer qu'elle reste plus longtemps. Comme elle s'affaire pour inscrire quelques observations à l'aide des craies de couleur, il médite sur la perfection de ses formes, les épaules arrondies, le dos plat, légèrement cambré à la naissance et s'évasant progressivement sur le renflement des hanches, les globes merveilleusement attachés sur lesquels son regard s'arrête – le mystère qui les unit aux seins opulents se dérobe à toute élucidation.

Elle se retourne…

Des étincelles invisibles jaillissent lorsque leurs regards se croisent, le message est transmis, il ne ressent aucune honte. C'est qu'une certaine chaleur a commencé à circuler dans son corps étendu, une chaleur qui trouve son origine dans l'apparition de cette créature, dans sa seule féminité déployée devant lui, cette chaleur est indubitablement le signe qu'il a retrouvé la plénitude de ses sens.

Lombes

Il prête l'oreille au clapotis de l'eau tiède, bienfaisante, revigorante, observe le jet qui asperge son aine rasée il y a seulement deux semaines, la nuit précédant l'opération ; personne dans le service de mise en condition des patients ne le lui réclamait, il l'a fait de lui-même…

Il ferme les yeux malgré l'obscurité qui règne dans la pièce, insoucieux de l'heure… Où en est-il ? A-t-il succombé au sommeil ou non ? Il essaie de se remémorer les traits de ce visage qui a émergé de ses limbes pour pénétrer dans son rêve. Il est désorienté ; tout ce qu'il peut dire, c'est que ce visage est lié d'une façon ou d'une autre à deux séductrices issues de son passé : pour ce qui est de la première, il l'a connue quand il évoluait encore dans l'enfance, elle avait de grands yeux, une peau éclatante, il a marché à ses côtés dans la ruelle, il ne l'a pas touchée mais n'a cessé de la dévisager ; la seconde, quant à elle, était une femme épanouie et lumineuse avec laquelle il a passé quelques journées, là-bas dans son pays, elle a comblé son corps de moments tendres et voluptueux.

À présent, c'est comme s'il les voyait simultanément, même si la première était une petite fille quand la seconde était une femme mûre, les deux se sont mêlées, elles sont venues à lui ensemble pour former cette amante soumise, dévouée à parfaire son plaisir, prête à prendre les positions qu'il désirait, l'emportant avec elle, voguant avec lui, se démenant pour que tous deux s'unissent complètement.

L'union s'est produite dans un endroit indéterminé, il ne peut identifier le décor ni assigner des correspondances, comme s'il avait accompli l'acte suspendu dans le vide. Il se remémore l'ancien patron d'un café de Bagdad qui avait la passion des oiseaux : il passait des heures à les suivre du regard, à guetter leur ballet nuptial, à observer leurs manœuvres de rapprochement et leur comportement au moment de l'accouplement. L'homme lui avait parlé d'une espèce rare de rossignols : le mâle et la femelle volent côte à côte et, arrivés à une certaine altitude, ils se livrent à l'accouplement, là-haut, quelque part dans les hauteurs du firmament immuable.

Le silence est désormais total. Les détails l'assaillent, c'est la quatorzième nuit depuis sa sortie de l'hôpital et son arrivée dans cet hôtel situé à proximité, directement relié aux urgences, il lui suffit de presser une sonnette près du téléphone pour qu'on lui envoie sur-le-champ une ambulance.

Il a été pris de spasmes plus violents après l'éjaculation, se réveillant sur cette sensation de jouissance, mais l'anxiété n'avait pas disparu pour autant, son corps était toujours tendu, en érection, il s'est apaisé progressivement, comme si c'était la première fois.

La première fois ? Quand donc était-ce ?

Il n'a pas noté le jour ni l'heure, il en a perdu la trace irrémédiablement. Cette nuit-là, il s'était réveillé en sursaut, baignant dans une angoisse poisseuse, pour découvrir avec effarement que son corps renfermait un liquide ressemblant à l'urine, même s'il était plus épais et que son jaillissement répondait à des conditions différentes. Il n'avait fait part à personne de ce qui lui était arrivé, honteux vis-à-vis de ses parents, de ses amis, préférant se tourner vers les livres afin d'y chercher la réponse.

Cette pensée l'attriste : l'adolescence qu'il a vécue lui a transmis une certaine anxiété, une forme d'introversion. Il n'a pas vraiment eu sa chance avec les femmes, il n'a connu le commerce charnel qu'à vingt ans passés ; combien de fois a-t-il projeté en solitaire le nectar de vie qu'il recelait « entre les lombes et les côtes[1] » ? !

Impossible de faire le compte… La routine ne s'interrompait que de loin en loin, à l'occasion de quelques rapports sexuels distants – même s'il a connu, les années passant, de multiples conquêtes –, ou bien lors des quelques passions accomplies qu'il a vécues.

Combien de vies a-t-il ainsi gaspillées ?

Il sourit, passant d'une expression à une autre, du désespoir au contentement, de la tristesse à la joie, dans son esprit défilent maintes réminiscences, visions furtives d'instants qu'il croyait irrémédiablement effacés, même s'il n'a pas renoncé à les capter. Il a pris l'habitude de dormir allongé sur le dos. À l'hôpital il avait la possibilité de régler l'inclinaison du lit selon ses désirs, mais il ne pouvait se tourner sur son côté droit, comme il en avait toujours eu l'habitude, pour chercher le sommeil dans la position du fœtus, la tête lovée entre les bras – désormais, cette position lui est interdite, plus encore depuis qu'il s'est installé dans cet hôtel équipé d'un lit ordinaire. Son épouse l'aide chaque soir à rassembler tous les oreillers pour lcs caler derrière son dos, afin que le haut de son corps forme un angle

1. Expression tirée de Coran, l'Astre nocturne, LXXXVI, 7.

droit avec le bas. Maintenant il s'est fait une raison ; il ne se souvient plus d'où lui vient cette formule : « La faculté d'adaptation de l'homme est sans limites... »

L'a-t-il lue ou bien entendue ?

Il ne sait pas.

À présent, il est comme bercé, la douleur qu'il ressent à la poitrine ne l'empêche pas de dormir, elle ne lui arrache plus de gémissements. La sensation de plaisir continue à le visiter et à le déserter tour à tour... Il repense à ces lignes qu'il a lues dans un vieux livre, l'auteur y parlait de l'éjaculation qui accompagne parfois les crises d'épilepsie.

Pourquoi les pensées dérangeantes l'atteignent-elles précisément quand il est au comble de la satisfaction et de l'extase ?

Il y a quelques années de cela, on a rapporté qu'un poète en exil avait été retrouvé mort dans sa chambre d'hôtel, les vêtements mouillés de sperme, et un commentateur a signalé que ce phénomène pouvait s'observer dans les instants ultimes : l'homme éjacule au moment précis où la respiration s'étouffe dans sa poitrine, voire après avoir expiré son dernier souffle. Du reste, peut-être les deux phénomènes sont-ils parallèles : l'agonie des derniers moments, ceux où l'on s'apprête à quitter le monde, et l'expulsion de ce qui se trouve « entre les lombes et les côtes », qui traduirait la volonté de s'accrocher à la vie, le dernier acte de résistance de l'humain avant qu'il retourne à sa forme originelle…

Saveurs

Lentement, il a articulé à mon intention :

« Il vous reste quarante jours… »

J'étais tendu vers lui de tous mes pores et de tous mes sens, buvant ses paroles pour ne pas rater un geste, une allusion, une nuance de sens que la langue aurait échoué à transmettre. Dès notre première rencontre, j'avais tiré prétexte de ses traits orientaux pour installer une connivence entre nous, en lui parlant d'Ispahan, la ville dont il était originaire, de sa mosquée, que je n'avais vue qu'en photographie dans les livres, de ma passion pour la poésie de Hafez et Saadi et les miniatures de Bihzâd. Il avait juste hoché la tête, répétant comme s'il parlait à une autre personne debout derrière moi : « Fort bien, tout cela est fort bien… »

Il a marqué un temps d'arrêt avant de reprendre :

« Quarante jours et puis vous stoppez tout pour commencer le régime indiqué dans le mémento qui vous a été remis.»

La main à plat devant lui, il a précisé:

«Tout ce dont vous avez envie: poulet, poisson, viandes bouillies ou mijotées... mais, passé les quarante jours, vous devrez vous en tenir au régime prescrit là-dedans...»

Après une courte pause, il a ajouté malicieusement:

«Nous ne voulons plus vous revoir ici que comme visiteur.»

Puis il s'est absorbé dans l'examen de divers documents ayant trait à mon cas, avant de lâcher tout à coup d'une voix forte:

«*As-salâmu 'aleikum.*»

Il avait prononcé cette formule avec son accent si singulier – c'est sur ces paroles qu'il commençait ses consultations avec les patients du Machreq et qu'il les concluait.

Une fois sorti de son bureau puis de l'antichambre, j'ai scruté le corridor, les traits des gens, leur tenue combinant le blanc et le bleu ciel pour produire cette couleur qui évoquait un azur pur et infini, un azur d'automne ou de printemps. J'ai retardé un peu le moment d'analyser ce qu'il m'avait dit, m'abstenant pour l'heure de méditer sur ses directives précises et sans ambiguïté, pour me consacrer plutôt à ce que je voyais afin de l'emmagasiner dans ma mémoire. C'est ici que se sont décidées des inflexions vitales pour mon destin. Encore quelques jours et je serai transféré de ce lieu à un autre, de mon état actuel à un autre, nul doute que je resterai marqué à jamais dans ma chair, même si bien sûr maints détails vont s'effacer... Après cela, l'affaire reviendra entre les mains de mon médecin traitant en Égypte – heureusement que j'ai noué avec lui des rapports d'amitié, qui me dispensent des longues plages d'attente requises pour être introduit dans son cabinet.

C'est dans ce bâtiment, entre le troisième et le quatrième étage, que j'ai fait mon incursion dans l'éternité et que j'en suis revenu pour entamer une nouvelle existence, si ce n'est que, cette fois-ci, je viens au monde déjà pourvu de l'alphabet de la vie, je suis un nouveau-né qui n'a pas besoin de tuteur pour faire la part entre ce qui est néfaste et ce qui est utile. Je suis plein d'allant et d'entrain, parfaitement lucide sur ce que je dois rechercher et ce que je dois éviter.

Après avoir franchi le hall de l'hôtel voisin de l'hôpital, je me suis assis sur l'esplanade et j'ai attendu Magda afin que nous rejoignions la chambre ensemble – elle s'était rendue au magasin d'alimentation non loin de là, afin de se procurer le nécessaire pour le dîner. Ce que le médecin m'a dit, il l'en a également informée, plutôt deux fois qu'une. Elle sait donc que je suis autorisé pour un temps à manger tout ce qui me fait envie mais que, passé ce délai, il faudra s'abstenir entièrement. Le médecin nous a expliqué que l'incision mettait beaucoup de temps à cicatriser, et qu'une alimentation solide permettrait d'accélérer la convalescence, à condition d'être suffisamment équilibrée et riche en protéines.

Elle a dressé une liste de mes desiderata, pour maintenant aussi bien que pour plus tard, lorsque nous serons de retour sur nos terres et aurons repris une existence normale. Elle s'efforce de combler mes attentes à partir de ce qu'elle sait de mes goûts : poisson frit, aubergines sous toutes leurs formes, fromage de tête, pieds de mouton.

Mais la bonne chère, ce n'est pas seulement la nourriture, c'est aussi le moment où on la déguste, les personnes avec qui on la partage. Dans l'autre hôtel, celui qui est équipé pour accueillir les convalescents, il y a un restaurant luxueux, on y propose du *foul* et des *falâfel*[1]. Un professeur à l'université d'Assiout qui m'a précédé ici pour y subir une intervention similaire, fort de son ancienneté et de son expérience, a tenu à me

1. Le *foul* est un plat traditionnel à base de fèves assaisonnées, devenu en quelque sorte le plat national égyptien. Roulées en boulettes et frites avec des oignons verts et des épices, les mêmes fèves donnent les *falâfel*.

communiquer toutes les informations qui pouvaient m'être utiles ; il a ainsi expliqué que la direction de l'hôtel-restaurant, ayant remarqué la nostalgie des Égyptiens pour leurs plats, avait fait venir du pays un cuisinier spécialiste en matière de *foul*. À sa sortie d'hôpital, il était tenaillé par une brusque envie de fèves, un accès de nostalgie, ceux qui l'avaient précédé lui ont indiqué cette adresse, et à présent il lui revient de m'y accompagner.

Le lendemain matin, nous nous sommes mis en route ; dans la salle à manger, il flottait une odeur pénétrante, les fèves étaient tendres comme du beurre, même l'huile et les épices – cumin et poivre noir – provenaient d'Égypte. Le chef égyptien est sorti de la cuisine en souriant pour nous souhaiter la bienvenue et s'assurer que tout allait bien, il a dit que le restaurant proposait maintenant toute une gamme de plats traditionnels, en particulier la *moloukhieh* et le *fetîr* [1] feuilleté.

« Incroyable ! Même le *fetîr*... »

Oui, tout ce que nous voulions ! La seule condition était de prévenir un jour à l'avance.

1. La *moloukhieh* est un légume vert dont on fait une sorte de potage généralement servi avec du riz et du lapin ou du poulet. Le *fetîr* est une galette qu'on déguste lors des fêtes avec du miel ou de la crème fraîche – en feuilleté, il exige une préparation longue et minutieuse.

L'homme était chaleureux. Tandis que nous conversions, je lui ai demandé s'il souhaitait expédier quelque chose en Égypte ; il m'a remercié, tout ce qu'il souhaitait, c'est que ma convalescence se déroule au mieux.

Même si les fèves étaient délicieuses, il leur manquait quelque chose : cela tenait au contexte, à l'environnement, à toutes les références passées que j'avais en mémoire. Magda s'est étonnée :

« J'aurais cru que tu commanderais un *tajine* ou un canard au four, il te faut des matières grasses. »

J'ai protesté, sans laisser paraître la joie qui m'avait envahi, ce plaisir tout particulier qui traversait mon âme sans que j'éprouve le besoin de l'exprimer, attendrissait mon regard, ouvrait mes traits sur l'extérieur, me poussait à formuler la réponse la plus adaptée, tandis que mon cœur était gagné par une nostalgie profonde et un désir de me mettre en harmonie avec tous les éléments de la Création, au point que j'avais envie d'embrasser le vide et d'enlacer la lumière. C'est là que j'ai pris ma résolution :

« Je m'en vais expliciter les tenants et élucider les penchants… »

Bouillon

C'est le plat le plus ancien dans ma mémoire, il y vit son existence propre sous ses différents avatars, chacun possédant son goût particulier. Lorsque j'ai exploré les sources, que j'ai appris par quelles phases passait la fève – épluchage, écossage, dosage, sélection, lent marinage à feu doux –, j'ai compris que tout cela était l'aboutissement d'un long processus d'accumulation du savoir sur des millénaires, de cristallisation de l'observation, de perfectionnement des étapes, de fixation de l'expérience, que tout cela était le résultat d'une science patiemment accumulée, pourvue de ramifications infinies, difficile à cerner. J'avais l'impression d'avoir sous les yeux l'ensemble des déclinaisons de ce plat, issues de ma mémoire où elles avaient déjà défilé.

Le plus ancien d'entre tous, c'est le fameux *foul* d'Abou Hagar. Je ne suis pas très sûr de vraiment visualiser l'individu : l'ai-je déjà observé tandis qu'il introduisait la louche de cuivre au manche interminable dans la gueule de la marmite de terre cuite qui trônait, fumante, sur la charrette à bras, posée selon un équilibre étudié variant selon l'emplacement – sur la charrette, la marmite est disposée autrement qu'au restaurant, où elle est placée en hauteur par rapport au serveur ? Ai-je vu Abou Hagar de mes yeux ?

Peut-être, mais je ne saurais l'affirmer. Arrivé à un point avancé de son existence, l'homme voit ses rêves d'enfance se confondre avec la réalité, il lui devient difficile de faire la part entre les deux... Son nom a dû être prononcé à portée de mes oreilles et, à partir de là, j'ai imaginé une silhouette et une physionomie : taille moyenne, couvre-chef en poil de chameau, visage grave, dialoguant avec ses clients par le seul regard, suscitant chez eux une certaine crainte. Oui, c'est ainsi que je me le représentais lorsque mon père revenait de la prière de l'aube chargé de notre petit déjeuner – assiette de fèves de chez Abou Hagar et chope de lait en provenance de la célèbre maison Mâlki. Avec le temps, les traits façonnés par mon imagination à partir des noms se sont brouillés ; c'est vrai pour Abou Hagar comme ça l'est pour Mâlki – ce dernier, je le voyais grand, mince, tout de blanc vêtu : calotte, *gallâbieh* et babouches pareillement immaculées.

Non, à la réflexion, il est certain que je n'ai jamais vu Abou Hagar, pas plus que Mâlki, mais mon imagination les a dotés d'une image et d'une présence, tous deux – sans parler de tous les autres – sont associés à une époque et à un lieu uniques, même si je ne peux les situer avec précision.

D'après ce qu'en avait rapporté le père – Dieu ait son âme –, l'homme avait son quartier général à la sortie de Hâret Oumm el-Gholâm, ruelle située près de la Porte Verte de la mosquée de notre commandeur al-Husayn. Ce n'est pas seulement le goût des fèves que j'ai gardé en mémoire, mais aussi le souvenir du regroupement, à la faveur de ce repas, des amis et des proches réunis au complet pour l'occasion, attentifs à ce moment d'exception et de plaisir qu'ils ne se remémoreront plus, lorsqu'il aura cessé de se renouveler, qu'avec nostalgie et attendrissement.

Les fèves d'Abou Hagar sont une référence, c'est à leur aune que toutes les autres fèves se mesurent. Elles arboraient une couleur brun clair, comme si elles étaient déjà écrasées dans l'assiette alors qu'il n'en était rien… La couleur témoignait en réalité du mélange des fèves avec un bouillon soigneusement dosé de lentilles d'Esna – qui deviennent comme du beurre aussitôt que la chaleur les atteint : c'est cela qui tient l'ensemble et en égalise la surface ; tout autour, on avait saupoudré du persil et de l'aneth, et au milieu du plat on avait déposé une gousse d'ail. Cette présentation-là, je ne lui ai jamais trouvé d'équivalent par la suite, pas plus qu'à cette lenteur étudiée, cette méticulosité, cette maîtrise dans la préparation.

Le père – Dieu ait son âme – avait expliqué qu'Abou

Hagar arrivait chaque matin de Kafr Zaghâri ; il installait son étal juste après la prière de l'aube, sachant qu'il devait impérativement en avoir fini avant le lever du soleil. Il se dépêchait de ramasser ses affaires avant que le premier rayon ne surgisse, moment dont il devinait l'approche bien que l'horizon fût masqué à sa vue – en tout cas, il ne s'était jamais trompé là-dessus, se guidant à la coloration de la lumière.

Il ne travaillait qu'avec une extrême lenteur, l'œil rivé sur la marmite, jetant périodiquement des regards aux flacons qui renfermaient le sel, le mélange de cumin et de coriandre, les herbes, l'ail, ainsi qu'aux bouteilles remplies de diverses huiles : piquante, « française », à pépins, ordinaire ; il y avait également un bocal pour le piment. On n'entendait jamais le son de sa voix. Quant aux clients, ils se gardaient bien de le héler ou de le presser tandis qu'il apprêtait son matériel dans la plus grande concentration, dosant les quantités avec une précision maniaque. Quelquefois il prenait un peu de recul pour juger de l'allure générale de son plat, n'hésitant pas, si le résultat ne lui plaisait pas, à en jeter le contenu dans un récipient prévu à cet effet, avant de recommencer l'opération depuis le début.

Il servait les clients par ordre d'arrivée, sans faire cas des préséances liées au prestige, à l'aisance ou à la notoriété. Beaucoup parmi les fidèles de la mosquée se rendaient chez lui aussitôt après la prière de l'aube ; ils venaient de partout et appartenaient aux catégories sociales les plus variées : notables du Saïd[1] et du Delta, juges du siège, membres du parquet et hauts fonctionnaires dans l'Administration, ou encore éminents médecins reconnus dans leur spécialité. On trouvait parmi eux le vrai amateur de fèves d'Abou Hagar, celui qui se présentait sitôt sa prière accomplie, prenant sa place dans la queue, évitant d'attirer l'attention sur sa personne, veillant à ne rien laisser paraître de son empressement – car gare, oui, gare à celui qui perturberait Abou Hagar durant sa préparation ! L'aficionado n'espérait qu'une chose : être servi avant que la marmite soit vide – on ne préparait qu'une marmite et une seule – ou que le soleil se lève, la survenance de l'un ou l'autre de ces événements signant sans appel la fin de la vente.

Dans un moment de paix, le père – Dieu ait son âme – nous a confié que l'homme avait de la considération pour lui ; à preuve le fait qu'il lui demandait de ses nouvelles en l'appelant par son nom, ce qui était rarissime :

« Comment vas-tu, Ahmad ? »

1. C'est-à-dire de Haute-Égypte ; celui qui en est originaire est appelé un Saïdi.

Ces propos, le père – Dieu ait son âme – ne les a pas prononcés d'un seul tenant, ni même lors d'une conversation étalée sur plusieurs soirées, il s'agit plutôt des effilochures laissées par mes réminiscences, peut-être d'ailleurs ai-je ajouté des paroles de mon cru, des mots qu'il n'avait pas prononcés mais qui ont fini par se greffer sur mon souvenir.

Ce *foul*-là possédait une saveur différente de tous les autres. Pour que le plaisir soit complet, il fallait que les fèves fussent accompagnées de ce pain fraîchement cuit qu'on appelle communément le *baladi*. C'est ce pain qui accompagne le mieux la *moloukhieh* et les plats en sauce, surtout si l'on en détache un morceau et qu'on le modèle à sa guise – il y aurait là matière à un long développement, qui toutefois n'a pas sa place ici. Pour peu que l'on combine le pain *baladi* juste cuit avec le *foul*, on tient une union parfaite, un mariage des plus harmonieux.

La saveur unique des fèves d'Abou Hagar m'a beaucoup manqué par la suite, lorsque j'ai commencé à sortir seul, à arpenter les rues et les carrefours, à fréquenter les cinémas avec mes camarades. Avant d'entrer voir un film, nous nous rendions chez le Dumiâti [1], qui tenait une boutique spécialisée dans le *foul*, ses

1. De Dumiât, le port de Damiette, au nord du Delta égyptien.

variantes et ses accompagnements. Monté de Dumiât, le propriétaire avait ouvert une échoppe près de Bâb el-Hadîd, la Gare Centrale du Caire. Il proposait un repas complet : un plateau comprenant une assiette de fèves écrasées, dites « épicées à l'ancienne » – en fait à la consistance plus légère –, une deuxième avec quatre beignets de *falâfel*, une troisième accueillant la salade verte et une quatrième la *tahîna*, cette crème blanche obtenue en pressant les graines de sésame, le tout moyennant quatre piastres. Cela se passait au début des années soixante, aujourd'hui, le même repas en coûterait sept cents, du moins à l'heure où je consigne ces lignes, soit la fin des années quatre-vingt-dix – par quel facteur le prix s'est-il multiplié ?

Ce qui m'a détourné du Dumiâti, c'est qu'il a bientôt substitué au *baladi* un pain blanc surnommé le « *châmi* [1] », qui n'est pas, lui, fabriqué avec du blé complet et ne se laisse pas modeler aussi facilement que le *baladi* – sans parler de sa tonalité gustative très particulière. Son usage s'est répandu à la fin des années cinquante, peut-être à la suite de l'union avec la Syrie... D'après moi, les Levantins sont experts dans l'art de la pâtisserie, alors que le pain, lui, est la grande affaire des Égyptiens, tant par la diversité des recettes que par l'ancienneté

1. C'est-à-dire le « levantin ».

de sa tradition. D'ailleurs, le pain est tellement ancré dans la vie quotidienne que dans le parler égyptien on l'appelle « *'aïch* », c'est-à-dire « la vie ». Si par hasard on tombe sur un morceau de pain jeté en travers de la rue, il est courant – c'est ainsi que nous autres, Égyptiens, avons été élevés – de le ramasser et de le porter à ses lèvres avant de le déposer à l'abri près du mur, loin des foulées des passants.

À l'orée des années soixante, j'ai fait mon premier voyage seul hors du Caire : j'ai pu apprécier le soin que portent les Alexandrins à la préparation du *foul* et à ses différentes recettes, particulièrement sa décoration avec des brins de persil et autres crudités. Une échoppe proche de la gare principale de Ramleh avait acquis au fil du temps une certaine notoriété : les fèves y étaient servies non écrasées, chacune d'entre elles était bien visible, entière, clairement individualisée, on pouvait les dénombrer. Cependant, il suffisait qu'on les écrase soigneusement avec la fourchette pour qu'elles deviennent proches de celles d'Abou Hagar, la seule chose qui les en différenciait, c'était le pain blanc servi avec elles et la qualité des fèves, bien rondes et bien fraîches, dont le goût unique ne s'accomplissait qu'à condition qu'on les eût soigneusement frottées et écrasées.

Un marchand ambulant… Il se tient debout face à l'unique entrée de la ruelle. Celle-ci est en fait une impasse où ne pénètrent que les riverains et leurs connaissances, elle ne débouche sur aucune autre voie, passage ou impasse… Le vendeur, coiffé d'une calotte, est vêtu d'une *gallâbieh* blanche par-dessus laquelle il a enfilé un tablier muni en son centre d'une large poche, où il entasse sa monnaie : pièces de une, cinq et dix piastres.

« Eh, l'oncle, sers-nous généreusement !… »

C'est ce que je crie à son intention. Là-dessus, il feint de me rajouter une dose de fèves et de bouillon, puis il secoue l'assiette pour en égaliser la surface. Subitement mis en joie, il se met à psalmodier mélodieusement :

« Douces comme des amandes, mes fèves !… »

Il ne s'adresse à personne en particulier, sa voix jaillit du silence à la cantonade, je m'approche de lui, porté par un élan d'affection et de fraternité, pris d'une compassion soudaine que je ne m'explique guère, peut-être due au fait qu'il se parle à lui-même, distrayant la solitude de sa faction en faisant la cour à ses fèves et en les choyant.

Je dois être âgé de dix à douze ans…

Mais… qu'est-ce qui m'a conduit à solliciter ce marchand de si bonne heure ?

Cela ne se produisait que quelques jours dans l'année,

mais il arrivait que le paternel – Dieu ait son âme – se réveillât en proie à une douleur aiguë et pénible à supporter, logée dans le bas du dos et le haut de la cuisse droite. Les médecins hésitaient sur le diagnostic ; un jour l'un d'entre eux a déclaré assez près de moi pour que je puisse l'entendre : « affection chronique de la colonne vertébrale ». À l'époque, l'expression m'est demeurée incompréhensible, mais l'intonation ne m'a plus jamais quitté.

Un bédouin officiant près des pyramides... Il se penche en avant et déclare :

« L'humidité s'est installée, il faut cautériser. »

Le paternel – Dieu ait son âme – possédait une grande force d'endurance, il avait cette faculté de résister à la douleur ; de ce fait, le voir garder le lit était un événement exceptionnel, un traumatisme, un pas en direction de l'inconnu...

Je parcours la ruelle chargé du plat de fèves, tête baissée, le cœur triste, marmonnant des prières pour son rétablissement, ressassant les vœux appris de longue date pour qu'il se relève de cette épreuve.

Comment s'appelait le vendeur ?

Je ne sais plus.

À quoi ressemblait-il ?

Basané, coiffé d'une calotte de coton blanc, sans cesse en mouvement, absorbé, débordant de santé. Dès qu'il n'y a plus de clients en vue et qu'il se retrouve seul avec lui-même, il mélange les fèves à l'aide d'une louche à long manche.

Les fèves accommodées avec une sauce aux tomates et aux petits oignons occupent une place particulière dans ma conscience, du fait de leur saveur incomparable. C'est un substitut à la viande et aux légumes, rien n'ouvre autant l'appétit que cette friture d'oignons, même si celle-ci n'est pas une fin en soi, c'est seulement le médium ; ses éléments sont caractéristiques d'une époque, parties d'un tout, aucun d'entre eux ne se conçoit sans les autres.

Ma mère est accroupie devant le réchaud de marque « Primus ». Je revois la colonne publicitaire lumineuse déployée sur toute la hauteur d'un immeuble donnant sur la place 'Ataba, du côté des salles d'exposition d'Ahmad Halâwa – tissus et vêtements, fabrication égyptienne –, avant l'échoppe de Kharalâmbo le Grec, le plus illustre dans le domaine des boissons gazeuses, et la boutique Wilson – salon de thé et pâtisserie. Le magasin est situé à l'entrée du marché de Ruwei'î, on peut y trouver toutes les fournitures pour tailleurs – machines à coudre avec leurs pièces détachées, aiguilles de toutes sortes –, du matériel de serrurerie – cadenas, verrous, clefs –, mais aussi des réchauds.

Une fois la flamme devenue régulière, ma mère place dessus la casserole, ajoute une cuillerée de *samn*[1]; au bout d'un temps étudié, elle jette les tranches d'oignons dans le beurre en fusion, afin de provoquer le « coup de feu ». Le « coup de feu » de l'oignon ou de l'ail est un des sommets de la préparation d'un repas : c'est là que la nourriture reçoit un influx d'énergie salutaire. Je voudrais que cet instant dure quand bien même il avive ma fringale – je préfère toujours la montée du désir à son assouvissement…

Lorsque l'oignon – ou la gousse d'ail – a pris une coloration dorée et commence à brunir, ma mère ajoute la sauce tomate, rouge écarlate, qu'elle mélange soigneusement, et enfin… les fèves, mûres à souhait, invitées d'honneur de cette association d'exception : *foul*, oignon frit et tomates.

Chaque aliment requiert ses accompagnements indispensables. Le pain *baladi* est un camarade sur qui on peut compter, le meilleur des assistants ; on en détache méticuleusement un morceau avant de le modeler en forme de cuiller ou d'« oreille de chat ». Quand je purgeais ma peine au pénitencier, il y a eu une controverse pour savoir si l'utilisation de l'« oreille de chat » était

1. Préparation de beurre fondu très utilisée dans la cuisine égyptienne et qui donne à ses plats leur goût incomparable.

légitime, étant donné la faible quantité de sauce à partager entre un grand nombre de codétenus, contraints de tous manger dans le même plat. L'affaire s'est encore envenimée quand on a remarqué la virtuosité de certains, qui leur permettait de s'adjuger la part du lion. Une réunion a été organisée, les négociations se sont achevées par un décret du comité central pour l'organisation de la vie en prison proclamant l'interdiction de recourir à l'« oreille de chat » lors des repas.

Un plat de *foul*, des fèves plongées dans l'épais *samn* fermier, des assiettes de fromage *haloum*, d'autres contenant un fromage ancien, savamment affiné jusqu'à prendre cette coloration rousse caractéristique ; il y a aussi une composition alliant des légumes au vinaigre, avec au centre un citron fendu, confit jusqu'au cœur, du miel clair, des œufs durs, de l'omelette au *samn*... C'est une table richement servie dans une maison proche du fleuve, aux murs élevés, aux limites de la ville de Suhâg, en Haute-Égypte. Je suis assis là, recroquevillé, tout timide, le regard rivé sur les mets. Je me dis que la bonne chère est nécessairement associée à une circonstance, que ce qui compte, ce n'est pas seulement ce qu'il y a dans l'assiette.

Pourquoi me suis-je rendu dans cette maison ?

Chez qui était-ce ?

Qui m'accompagnait ?

Je cherche en vain à me remémorer des visages ou des traits, je me souviens seulement avoir dit :

« Des fèves comme ça, il ne s'en est jamais vu de pareilles... »

À quoi la maîtresse de maison a répliqué :

« Que ce repas t'apporte bonheur et santé... »

Quand était-ce ?

Quand donc ?

Le pain « chamsi »[1]

Où trouve-t-il son origine ?

Nous sommes sur les plateaux formés par les limons du Nil... Le soleil est à son zénith, au faîte de son incandescence, la levure s'épanouit sous l'effet du feu cosmique et de la canicule immémoriale. Je sais, à l'instant où j'écris ces lignes, ce que j'ignorais à l'orée de mon parcours, à savoir cette relation unique que le pain entretient avec le cosmos.

Il remonte au passé le plus antique, on en a retrouvé des représentations sur les fresques des cimetières pha-

1. Littéralement : « solaire » – même sous l'action du soleil (*chams*).

raoniques, dans les scènes d'offrandes des temples. Sa pâte contient une farine finement moulue, du blé pur où ne se mêle nul fenugrec, nul maïs, nul corps étranger. Le pétrissage commence tôt le matin, avant le lever du soleil, en symbiose avec les souffles des jeunes femmes qui officient à sa fabrication, virginales, brûlantes de désir, dans la plénitude de leur épanouissement...

Combien de fois n'ai-je pas écouté les ahanements qui accompagnaient leur travail devant le *magour*[1] à farine, assises jambes ouvertes, ou bien agenouillées dans une pose suggestive. Par la suite, j'ai compris le lien qui existait entre ces ahanements-là et les autres, entre ces soupirs rythmant l'effort et les halètements des amantes enamourées, entre le processus de la levée du pain et celui de la montée du plaisir. Dans les deux cas, on est en présence d'une phase préliminaire, d'une mise en condition préalable à l'explosion créatrice. Une fois cette phase accomplie, commence celle du modelage, qui suppose la prise en main d'une quantité adéquate, fruit d'une dextérité transmise de génération en génération et d'un regard très sûr qui plonge ses racines dans les traditions antiques.

Bientôt, les galettes étalées sur le plateau commen-

1. Récipient de terre cuite utilisé pour mélanger les ingrédients de la pâte à pain.

cent à téter l'influx d'énergie procuré par les rayons éternels ; la pâte gonfle lentement jusqu'au moment où la levure embaume soudain l'atmosphère, signe que le pain est désormais prêt à subir l'épreuve du feu humain – la cuisson au four.

Je suis assis aux côtés de la femme de mon oncle maternel ; à l'instant idoine elle se saisit de la galette qui s'achemine lentement vers la maturité, elle la retourne de façon que la flamme l'atteigne uniformément, après quoi elle l'extrait d'une main délicate et la place sans perdre de temps dans la *machannah*[1]. Du pain se dégage une odeur de cuisson idéale, un arôme qui n'a pas son pareil ; je suis impatient de mordre dedans à pleines dents, mais il faut attendre un peu et souffler dessus pour en apaiser l'incandescence.

Il est certaines combinaisons harmonieuses – le pain juste cuit avec le lait fermenté, ou encore la mélasse brune mélangée à la crème de sésame – qui suffisent à mon bonheur : alors mon appétit s'ouvre et la sérénité m'envahit.

Oui, le miel de canne à sucre mélangé avec la crème de sésame ou le lait caillé… C'est tout ce à quoi j'aspire,

1. Sorte de calebasse où on laisse le pain refroidir après cuisson.

tout ce vers quoi sont tournés mes désirs, quand bien même il est évident que je suis entré dans une période où ces aspirations relèvent de l'utopie.

Le mieux est de déguster le pain *chamsi* le jour même de sa cuisson, bien que la levée de la pâte et la cuisson aient la propriété de ménager une conservation de plusieurs jours. Nul doute qu'il y a un fossé entre ce pain devant lequel je m'accroupissais en attendant qu'il sorte du four – ou bien celui qui arrivait chez nous du village, placé dans le couffin aux côtés des fruits de *doum*, de la *moloukhieh* séchée et des dattes, surmonté du canard mâle fraîchement égorgé et des pigeons farcis, les arômes se mêlant à celui des palmes tressées du couffin recouvert d'une *gallâbieh* jetée sur le dessus pour faire couvercle –, entre ce pain-là, donc, et celui auquel je peux aujourd'hui prétendre. Certes, je demeure prêt à tout pour retrouver le pain *chamsi*, pour en caresser les contours, pour le toucher du doigt, pour le confronter à mes certitudes… mais quand bien même je verrais surgir sous mes yeux tout ce que je convoque en imagination, j'ai le sentiment que je ne pourrais en profiter pleinement, qu'il manquerait quelque chose – sans doute l'environnement approprié, à moins qu'il ne s'agisse des circonstances idéales.

J'ai peur de manquer de temps. Pourquoi est-ce que je dissipe le peu qui me reste – oh combien précieux ! – en digressions et en ergotages, tout comme par le passé j'ai perdu maintes occasions de palper la réalité, de goûter aux plaisirs ? Tantôt je m'attache à détailler des options qui n'existent pas encore, tantôt je me démène pour me remémorer des faits passés qui n'existent déjà plus.

Il en va ainsi avec certains mets, nous irions au bout du monde pour en retrouver la perfection, pour les déguster exactement selon leur recette d'origine, celle qui nous a initialement séduit. Un ami arabe ayant résidé en Europe a rapporté comment, à la suite d'un malentendu, il s'était soudain trouvé dans la ligne de mire des services de renseignements de ce pays qui insistaient pour l'enrôler. On ne lui demandait pas de dénoncer des personnes en particulier, ni de livrer des informations ultrasecrètes, mais simplement de traduire les articles importants qui paraissaient en langue arabe. Il a fait part de son étonnement à l'agent recruteur :

« Mais vous avez chez vous de nombreuses personnes qui maîtrisent parfaitement l'arabe !... »

L'agent a souri avant de répliquer :

« Ici, il y a des restaurants de cuisine chinoise qui emploient des salariés de toutes nationalités, mais les plats qui ont été préparés par un authentique Chinois, je les reconnais tout de suite, ils ont un souffle particulier qui ne trompe pas... »

Si cela est vrai pour des plats bien connus, répandus

dans le monde entier, ça l'est encore plus pour notre pain *chamsi*, notre lait caillé et notre mélasse brune !

Après mon retour au pays, j'ai appliqué à la lettre les instructions du médecin, qui m'avait prescrit de partir au calme pour deux semaines… J'ai emmené ma famille dans un hôtel charmant où nous pourrions passer un agréable séjour, près de Hurghada, en bordure de la mer Rouge. J'entretiens avec cet endroit une relation ancienne, bien antérieure à son accession à la notoriété, à sa transformation en un lieu de villégiature prisé des vacanciers, qui peuvent s'y amuser et s'adonner aux sports nautiques.

Pendant la journée, j'interrompais mon travail de consignation pour observer la succession des vagues et tenter de m'imprégner du bleu de la mer, que je comparais à un autre bleu, cette couleur cristalline qui m'était apparue furtivement durant le temps où j'étais suspendu entre aller et retour, entre anéantissement et résurrection, dans les instants précédant le réveil – mais ce n'est pas ici le lieu approprié pour détailler ces moments et les différents états par lesquels je suis passé, la question est trop vaste et fait l'objet d'un opus à part[1].

1. Ghitany a consacré en 1997 à son opération du cœur une relation autobiographique intitulée *Al-Khutût ul-fâssilu* (Les Lignes de démarcation, non traduit).

Nous étions donc en plein mois d'août, dans cette station balnéaire… J'ai aperçu mon épouse revenant du bord de mer, traversant le sable brûlant, avec à la main un emballage de papier dont j'ignorais le contenu. En poussant la porte elle a dit gaiement :

« Regarde… »

Elle a expliqué qu'en se promenant elle avait aperçu un four de brique crue, exactement comme ceux des maisons du Saïd et des provinces intérieures. Il y avait là une paysanne qui officiait à la fabrication du pain ; des touristes étrangers la prenaient en photographie, elle et ses étranges galettes de pain, d'autres se contentaient de déguster.

« Je sais que ça te manquait… »

J'ai humé l'arôme du pain frais, gonflé à souhait grâce à l'action bienfaisante des rayons du soleil, instants révolus, disparus à jamais… J'ai attendu d'être en tête à tête avec moi-même pour croquer dans la galette avant de mastiquer lentement. Je me régalais de cette saveur qui pénétrait mes sens – il n'empêche : j'étais bien seul…

Les questionnements du miel

Qui a accompli cette association ?
Qui a réussi cette combinaison inattendue ?

À qui revient l'antériorité ? À la mélasse brune, dont la teinte est moirée d'un reflet écarlate intense, ou bien à la *tahîna* ?

Je commencerai par la mélasse, parce qu'elle est la plus ancienne au panthéon de mes mets mythiques. Elle provient des cannes à sucre qui dans les champs du Sud se touchent presque, formant une sorte de haie compacte. Par la suite, j'ai connu différentes sortes de miel, depuis la gelée royale jusqu'au miel de dattes, familier en Afrique noire sous le nom de *dabs* – mais ce dernier est plus épais, aucune connivence ne s'est instaurée entre lui et moi, bien qu'il s'agisse également de miel et qu'il partage avec mon préféré la couleur brune… Non, décidément, rien à voir avec le miel dont je parle et qui est devenu un véritable pilier de mon existence, il suffit à me rendre euphorique et à me combler de joie.

Dans cette catégorie, le meilleur est celui qu'on conserve dans des jarres de terre cuite, dont le couvercle est tressé avec des fibres récupérées du pressage des cannes à sucre. Enfant, j'ai pris l'habitude d'observer, avec une curiosité non dénuée de méfiance, le manège du vendeur qui en assurait la distribution dans les villages…

L'homme était africain, c'était un gaillard de haute taille, étranger à la région, qui faisait la tournée des hameaux environnants, vendant tantôt du miel, tantôt de la *bouza*, un de ses dérivés, sucré ou non. Il se distinguait du tout-venant par sa taille – il était si haut qu'on eût dit un palmier –, par la couleur de sa peau, d'un noir profond, et aussi par son évidente bonté ; il paraissait toujours au bord des larmes. J'ai entendu mon oncle dire qu'il était originaire des confins du Soudan, d'où il était venu à pied, chassé par quelque fléau indéterminé. Il s'installait à la périphérie du village, tantôt du côté des collines, tantôt du côté du fleuve. D'une propreté maniaque, il débarrassait soigneusement de leur poussière les dattes tombées des palmiers avant de s'en nourrir. En revanche, il refusait obstinément toute nourriture offerte à titre d'obole ; dans ces cas-là, il réagissait sèchement, et ceux qui avaient eu affaire à lui se méfiaient de ses humeurs.

Rien ne saurait me faire saliver autant que le miel, particulièrement au moment où on le verse hors de la jarre et où des auréoles blanches viennent moirer sa surface sombre ; pour peu qu'il soit associé à la *tahîna*, il prend une tout autre dimension.

La *tahîna*, je ne l'ai connue qu'au Caire. Il y avait certes du sésame à Guhayna : nous en apercevions quand nous traversions les champs, en compagnie de ma grand-mère, de mon oncle ou de mon père, c'était une petite plante d'un vert sombre qui poussait à l'oblique près du sol et qui reflétait, au crépuscule, la lumière du soleil couchant. Il est maintes plantes que je côtoie sans les connaître, sans même savoir leur nom, mais le sésame fait exception à la règle, tout comme le blé et aussi le maïs, décliné dans ses deux variétés : le *'uweiga* et le *châmi*. Je connaissais donc le sésame en tant que plante sauvage, les graines étaient séchées et emballées dans des sacs de jute qui s'entassaient dans la pièce située à droite de l'entrée de la maison dans laquelle je suis venu au monde – mais c'est là une autre histoire.

Ici, je voudrais vous faire part d'une réflexion, ou plutôt d'une constatation à laquelle je suis arrivé avec le temps, à savoir que l'humain, lorsqu'il s'approche du seuil, du moment où le cercle va se refermer, est mû par une nostalgie qui le pousse à se composer un florilège à partir de ces trois passions que sont les femmes qu'il a connues, les lieux qu'il a fréquentés et les mets qu'il a goûtés. Concernant la bonne chère, qui est l'objet de mon présent propos, je peux affirmer que j'ai savouré au cours de ma vie les nourritures les plus raffinées, dans les endroits les plus féeriques, tantôt en bordure de mer, tantôt en retrait à l'intérieur des terres, mais… les seules qui aient subsisté en moi, qui soient restées accrochées dans ma conscience, ce sont celles que j'ai mentionnées plus haut.

Lorsque le médecin traitant a prononcé la sentence décisive, tout ce que j'avais connu s'est brouillé et estompé, des messagers se sont succédé aux portes de mes sens et de ma mémoire, qui m'ont décidé à initier une quête destinée à étancher ma soif, à reconnaître les saveurs avant que l'interdiction ne devienne effective, que l'abstinence ne devienne la règle. L'entreprise ne présentait guère de difficultés ; il faut dire que je ne demandais pas la lune – c'est du moins ce que je croyais au commencement.

Certains détails peuvent paraître infimes, pourtant ils sont les indices de phénomènes bien plus essentiels... Il s'avère que les fameuses jarres ont disparu, qu'on ne les trouve plus guère, pas plus les grandes que les petites. La dernière fois que j'en ai vu, c'était il y a dix-sept ans. J'étais en route vers Madînet Nasr pour rendre visite à ma mère – Dieu l'agrée en Sa miséricorde – quand j'ai aperçu la charrette, poussée par un Saïdi à la *gallâbieh* d'un blanc jaunâtre. Descendant précipitamment du taxi, je n'ai même pas demandé à l'homme ce qui avait bien pu l'amener dans cette banlieue encore déserte à l'époque, ni quelle distance il avait parcourue : j'étais trop heureux de tomber sur les petites jarres, alignées au-dessus de la charrette. Arrivé chez ma mère, je m'empressai de les lui montrer, mais elle refroidit mes ardeurs en déclarant qu'elle se méfiait tout de même de la qualité du miel. De fait, je le trouvai trop léger, on l'avait coupé avec de l'eau, la saveur était différente, la consistance trop faible, de sorte qu'il n'adhérait pas au morceau de pain.

Je suis obnubilé par la sensation disparue, j'aspire à la faire revivre. C'est vrai que je suis incapable de la situer, d'en préciser les contours, elle est liée à un lieu déterminé qui m'a traversé ou que j'ai moi-même traversé, c'est de cette essence-là qu'est fait ce miel que je connais si bien, avec sa saveur unique.

Aujourd'hui, on le vend dans des récipients en plastique, hermétiquement fermés. C'est bien pratique, certes, mais il manque quelque chose – je ne saurais dire quoi... De toute façon, on ne le trouve plus qu'ainsi, aussi n'ai-je d'autre choix que de m'en accommoder.

Retour au pain

Mon pain préféré, juste derrière le pain *chamsi*, c'est assurément le *baladi*, variété typiquement cairote dont il existe trois sortes : le « tendre », le « moelleux » et le « bombé » – trois gradations différentes en termes de malléabilité, de tendreté et de fermeté, chacune possédant ses spécifications et ses usages bien particuliers. Le meilleur est sans conteste le « tendre », particulièrement lorsqu'il est encore chaud, sorti du four depuis peu ; celui-là, je ne l'engloutis pas, au contraire, je prends plaisir à le mastiquer lentement en m'imprégnant de nostalgie, essayant de garder sa saveur en bouche le plus longtemps possible – il faut dire que les goûts sont éphémères. Il se trouve que j'ai noué avec le pain des rapports qui, si je me laissais aller à les exposer, nous emmèneraient bien loin de notre objectif. À condition que le temps qui reste me le permette, j'y consacrerai un ouvrage, mais pour l'heure je me contenterai de signaler une singularité et de narrer une anecdote.

La singularité, c'est qu'en Égypte, le pain figure au nombre des rares choses qu'on ne saurait voler – le délinquant le moins scrupuleux n'hésitera guère à commettre une escroquerie ou un larcin, mais jamais il ne dérobera du pain. Quand les galettes sortent du four, chaque client évalue rapidement la quantité dont il a besoin, puis il s'approche du vendeur et lui communique le nombre de galettes désiré, avant d'aller payer, sans qu'il soit besoin de vérifier la somme. On vérifie pour tout… sauf pour le pain.

Quant à l'anecdote, la voici : un jour, un homme dans le besoin est venu me solliciter, recommandé par un ancien collègue. Je ne lui ai pas fait très bon accueil, pis, je me suis montré assez distant – il faut dire que je passais par une phase de retrait et d'isolement, même à l'égard des miens, je ne cessais de voyager de l'intérieur de moi à l'intérieur de moi. Finalement, j'ai accepté de lui consacrer un peu de temps, espérant que l'affaire serait rapidement expédiée. Après que nous nous fûmes attablés un petit moment à la terrasse d'un café proche de la Citadelle, je l'ai emmené déambuler à travers les allées de l'ancien Marché aux armes. Il semblait très intéressé ; au bout de quelques pas, il a aperçu un fournil qu'embaumait l'odeur de la farine brûlante, cuite à point, riche et prometteuse. Il a acheté une seule galette de pain, bien chaude et onctueuse, qu'il a rompue en deux moitiés, avant de déclarer :

« Il n'y a rien de meilleur que de savourer le pain nature. »

Je l'ai dévisagé sans lui laisser voir mon étonnement. Comment savait-il cela, lui l'étranger à cette ville, l'enfant installé dans les pays lointains ? Cette communauté de goûts devait marquer le début d'une grande amitié.

Plus tard, j'ai dégusté la baguette française, l'*obi-non* ouzbek, la *pita* indienne, le *nang* chinois, le *Reisbrot* allemand à la farine de riz, les *tortillas* mexicaines au maïs, mais jamais je n'ai connu quoi que ce soit de comparable au *chamsi* de Haute-Égypte, au *baladi* du Caire ou au *mrahrah* du Delta... Associés avec la *moloukhieh* ou avec la mélasse à la crème de sésame, ils touchent à la perfection...

Le pain était, dans les périodes où la nourriture était comptée, notre seul dîner ; ma mère nous épiait en priant pour que nous soyons rassasiés, pour que nous ne nous endormions pas en criant encore famine.

Au pénitencier, nous avions songé à organiser une grève pour exiger que les boîtes de *tahîna* soient acceptées dans l'enceinte de la prison ; la mélasse, elle, était une friandise trop rare. Malgré cette privation, on nous procurait du pain cuit du jour, mais il se desséchait rapidement : lorsque la nuit venait il avait déjà durci.

Le pain est l'élément de base, c'est lui la référence, c'est lui qui donne le *la*, quels que soient le nombre et la qualité des mets servis. Je n'ai jamais réussi à m'accommoder de ces variétés de pain modernes, à base de pâte gonflée qu'on ne peut écraser dans sa main ou modeler en forme de cuiller ou d'« oreille de chat », seul moyen de saucer convenablement.

Poissons

Le lendemain de mon entrevue avec le médecin m'est venue aux narines une riche odeur, signal d'un repas bien mitonné ; à la cuisine, mon épouse paraissait épuisée par la fatigue, l'éloignement des enfants et les heures passées à attendre. Elle s'était tout de même rendue au grand marché, où elle avait choisi chez le poissonnier les variétés qui s'apparentaient le plus au *bolti* du Nil, au *qarous* marin et aux gambas.

En matière de nourriture, je ne suis pas difficile : si elle est bonne, je la savoure, mais si elle se fait maigre ou se dérobe, alors tout ce qui peut combler la faim fait l'affaire et suffit à satisfaire mes attentes. Pourtant, ce matin-là, une pulsion soudaine m'avait échappé, qui avait dû la prendre au dépourvu comme elle m'avait pris moi-même au dépourvu :

« Ah ! Comme j'ai envie d'aubergines frites !... »

Elle n'avait pas laissé transparaître sa surprise, elle comprenait la situation ; de ce fait, elle avait eu la délicatesse de ne pas relever l'incongruité, de ne pas poser de question, comme si ma demande allait de soi, comme autrefois, avant que les douleurs apparaissent, les malaises, le calvaire des examens. Elle s'était contentée de répondre qu'elle n'en avait pas en réserve, mais que demain elle verrait.

Demain ?

Les jours passaient bien vite, entre le diagnostic du médecin et sa directive assortie d'une date limite fatidique.

Je me suis attaqué avec appétit au plat de *bolti*, frit dans l'huile et le citron, abondamment épicé de cumin, d'ail pilé et d'une pincée de coriandre. Une fois les quarante jours écoulés, je ne pourrai plus m'offrir ce plaisir qu'exceptionnellement, et à la condition expresse que le poisson soit grillé. Pourtant, je le préfère bien davantage frit, cette façon de le cuisiner est plus proche à mon cœur, car c'est ainsi que je le connais depuis l'enfance et mes journées lointaines passées dans le Saïd. Mes premières expériences gustatives restent ancrées dans ma conscience, où elles campent comme une référence inamovible, reléguant au second plan tout ce que j'ai pu connaître au cours de mes voyages : poisson marié avec des fruits, à la mayonnaise, plongé dans la glace – tout cela mériterait d'être longuement détaillé... Mais, en ce qui me concerne, rien à faire, j'en reviens toujours aux poissons du Nil, plus précisément le *bolti* et ces anguilles qu'on appelle *qarâmit*.

Je me remémore l'esplanade au milieu du village, l'arrivée du pêcheur portant un couffin d'osier d'où dépassaient de grandes feuilles d'arbres ; au fond du couffin, les fameux poissons à la robe sombre, pourvus de moustaches, encore vivants comme en témoignait leur frétillement ininterrompu.

Sur les marchés et dans les foyers, la viande garde la prééminence ; le poisson, quant à lui, est moins ancré dans l'usage, les gens des campagnes ne sont pas portés spontanément vers lui. Cela ne signifie pas qu'ils le délaissent complètement : à preuve, ma mère maîtrisait l'art d'apprêter le poisson et de le frire, tout particulièrement le *bolti*. Quant aux *qarâmit*, elles m'ont toujours impressionné par leur aptitude à lutter désespérément contre la mort, incarnée par l'air ambiant dans lequel elles agonisaient après qu'on les eut extraites de l'eau ; elles se débattaient, sautaient en hauteur, bondissant de plus belle en voyant approcher le couteau qui allait les éventrer et les écorcher.

À mon retour de l'école, j'étais encore en train de monter l'escalier que déjà l'odeur me saisissait, j'accélérais le pas, grimpant les marches deux à deux. J'étais vigoureux en ce temps-là, plein d'allant, l'esprit libre, mon cœur était intact, pas encore perclus, j'étais en pleine possession de mes moyens, inconscient que viendrait un jour où j'aurais peine à gravir un escalier comme celui-ci, même en prenant tout mon temps.

Ma mère frit du poisson…

Ce jour-là était un jour d'exception. Je m'asseyais prestement à côté d'elle, observant les darnes qui commençaient à crépiter dans l'huile, jusqu'à ce que la peau du ventre prenne avec la cuisson cette teinte écarlate, après quoi ma mère les attrapait à l'aide d'une passoire et les déposait sur un plateau de cuivre rond.

Les *qarâmit* n'ont pas d'arêtes, ce sont des poissons du Nil dont l'existence remonte très loin dans le passé, j'en ai vu sur les fresques du tombeau de Mereruka à Saqqârah. Dernièrement, j'ai lu qu'elles étaient menacées de disparition, en raison de la pollution provoquée par les usines qui y rejettent leurs déchets et par les bateaux de croisière touristiques qui expédient leurs rebuts dans les eaux pures. Il y a quelques années de cela, alors que leur saveur me pourchassait et que je déployais de gros efforts pour en trouver, j'ai fini par en dénicher dans une criée du vieux Caire, proche de Fustât ; un maître pêcheur rencontré là m'a expliqué qu'on en remontait de moins en moins et que, si ça continuait, elles allaient bientôt rejoindre la liste des espèces disparues.

Mon épouse s'était donné beaucoup de mal pour trancher le poisson et le faire mariner dans du cumin et de l'ail frais, malgré cela le goût n'était pas le même, quelque chose le différenciait de celui de mon enfance. Bien sûr, je n'en ai rien laissé paraître, affectant au contraire de me régaler ostensiblement ; il n'empêche : ses traits trahissaient un soupçon de scepticisme. Je ne lui ai pas dit que la quête de cette saveur n'était pour moi qu'une tentative de renouer avec une époque marquée par maints repères et maints détails minutieux.

Il faut que j'évite de précipiter les choses. À mesure que l'échéance se rapprochait et que le terme restant se contractait, j'ai appris que chaque désir qui nous traverse a un fondement, qu'aucune de nos pulsions ne s'incarne à partir du néant, au contraire elles se propagent en nous à partir d'un point déterminé, un point qui existe pour de bon quand bien même notre regard ne saurait le détecter qu'au prix de grands efforts, quand bien même il demeurerait invisible.

Les soirs où nous étions heureux et sans souci, le père – Dieu ait son âme – me donnait un *shillin*[1] et m'envoyait chez 'Amm 'Ali le poissonnier, dont l'étal était situé à l'angle de Hâret el-Morli, près de la boutique de vieux papiers du *hâgg*[2] Diâb. C'était une échoppe à la façade bleue, devant laquelle on avait installé, en appui sur des tréteaux, une plaque de zinc destinée à accueillir le poisson frit ou grillé, prêt à emporter : *bolti*, *makarôna*, *qaramît*, *qechr bayâdh*, gambas.

Je répète la consigne reçue de mon père :

« 'Amm 'Ali, je voudrais pour un *shillin* de spécial... »

« Spécial », ça veut dire que le poisson est préparé et frit devant le client. Je dévore le spectacle des yeux : une fois sorti, le poisson est emballé dans de grandes feuilles blanches récupérées de la fabrication des jour-

1. Déformation de l'anglais *shilling* ; désigne par analogie une pièce ou un billet de cinq piastres.

2. Titre donné à ceux qui ont – ou qui, en raison de leur âge, sont supposés avoir – accompli le pèlerinage.

naux. D'un monticule de crevettes entassées dans un coin, 'Amm 'Ali prélève une pleine poignée, qu'il ajoute au cornet de poisson avant de le refermer. Ce sont de petites crevettes frites, j'ai encore leur goût dans la bouche. À l'époque, elles n'étaient pas recherchées pour elles-mêmes, uniquement pour rehausser le goût du poisson, mais avec le temps les choses ont changé, elles sont devenues de plus en plus grosses et en sont venues à symboliser le faste ; désormais le kilo représente plus de deux mois de salaire d'un jeune diplômé de l'université. Je n'en suis guère friand, surtout depuis que j'ai appris qu'on les nourrissait d'aliments industriels pour les engraisser dans les élevages de pisciculture.

Ce goût unique du poisson frit, je l'ai retrouvé dans un autre lieu, loin, très loin d'ici, où je ne retournerai probablement jamais. Il faut dire qu'il est de nombreux endroits que je n'envisage plus guère comme des lieux à découvrir, soit que je les aie déjà visités, soit que je les sache hors de portée. À un moment donné, tous les lieux deviennent des images abstraites, une simple représentation, des effilochures de temps, des noms et des signes ; il n'y a plus alors de différence entre la remémoration et l'imagination. Pis, il arrive que je voie défiler dans ma tête des endroits que je n'ai jamais visités, que mes pas n'ont jamais foulés, ils s'imposent à moi en dépit du fait que je n'en ai jamais vu la couleur, et qu'ils n'ont dans ma conscience aucune matérialité. Il y a là un phénomène sur lequel on pourrait longuement gloser ; si les souffles qui me restent m'en laissent le temps, je ferai la relation de ce que j'ai vécu dans ma chair.

Je disais donc que ce goût du poisson, je l'avais retrouvé ailleurs. Cela s'est produit au Yémen, à Sanaa, en mil neuf cent quatre-vingt-huit. C'était le soir et nous étions sortis nous promener dans la vieille ville ; après avoir franchi la porte nord, je fus assailli par l'odeur, exactement comme si je me trouvais dans Hâret el-Morli, attendant que ‘Amm ‘Ali eût fini de préparer le « spécial ». Le goût d'antan me submergea et je lui cédai, m'abandonnant à la sensation voluptueuse : je plongeai mes mains dans le plat, sans craindre de me souiller les doigts ni me laisser détourner par l'étonnement de mon ami.

Je ne lui ai pas donné d'explications… Ce soir-là, le fardeau qui me pesait s'est allégé, et j'ai vu se résoudre des questions qui m'avaient intrigué, des énigmes qui me restaient opaques, je me suis montré chaleureux avec des gens que je ne connaissais même pas.

Le lendemain, j'étais convié dans une opulente demeure ; je m'échappai, désireux de retrouver l'odeur de la veille. De nouveau je franchis le portail nord pour pénétrer dans la vieille ville, m'apprêtant à renouer avec l'arôme singulier. Tous mes sens étaient en alerte ; hélas, je ne pus cette fois-ci rien glaner, si ce n'est la certitude de mon échec.

Prélude au fromage

J'étais obnubilé par l'idée de l'ultime repas, des mets par lesquels je conclurais cette période avant d'entamer ma diète, mais j'avais repoussé cette pensée, me laissant absorber par des questions secondaires. Pour finir, cependant, mon choix s'est porté sur le fromage... Celui que j'avais en tête avait la particularité de ne se déguster qu'associé à un autre mets, je ne pouvais envisager le goût de l'un sans que cela appelle aussitôt le goût de l'autre et qu'ils se retrouvent à parité, association similaire à celle des aubergines frites et des pommes de terre...

Pour moi, rien ne surpasse les aubergines, sous toutes leurs formes : blanches ou noires, importées ou locales, rondes ou oblongues. En souriant, j'avais murmuré :

« L'heure a sonné pour les aubergines frites marinées dans l'ail... »

Je dois à la vérité de dire que mon épouse n'a pas ménagé sa peine. Souvent elle me fixait silencieusement, se demandant de quoi je pouvais avoir envie, s'abstenant de discuter mes souhaits, se contentant de laisser poindre son étonnement, particulièrement depuis qu'elle avait constaté que je rechignais à me soumettre au programme qu'elle avait mis au point, lequel incluait poulet, canard, foie, rognons et *tajines*. Elle tentait de se souvenir des plats pour lesquels je m'enflammais naguère, lors de nos voyages, de nos vacances ou simplement de nos moments de félicité. Or voilà que je la surprenais par une demande qu'elle n'avait pas anticipée. Malgré tout, elle s'est employée à satisfaire mon désir sans tarder.

Pourquoi les pommes de terre avec les aubergines ?

Les jours sans viande, ma mère se rendait chez Ismaïl le maraîcher et en achetait un kilo de chaque, afin de les marier dans l'assiette : en arabe, l'aubergine est du genre masculin quand la pomme de terre est du féminin – quoi qu'il en soit, toutes deux possèdent un goût savoureux. Après que ma mère les eut lavées et découpées, je me saisissais de quelques tranches d'aubergines que je dégustais crues, en attendant de les manger frites, une fois sorties de la poêle. Si l'état de nos finances nous permettait de nous offrir des tomates avec de la viande hachée, on obtenait la fameuse moussaka, et c'est tout le bonheur du monde qui était parachevé. Je me léchais les babines rien qu'en entendant le mot « aubergines » ; c'est encore aujourd'hui le seul légume capable de me faire saliver.

De leur côté, les pommes de terre ressemblaient davantage à des fruits, même si cette variété-là n'était nullement sucrée. Pour peu qu'on les fasse mariner dans l'ail avec les tranches d'aubergines, on obtient un goût unique. Lorsque je suis entré dans les dix derniers jours, j'en ai usé et abusé, je savais qu'au terme de cette période je n'aurais plus droit de toucher aux plats cuisinés à l'huile. Toujours est-il que c'est au cours de ces dix jours que j'ai récapitulé tout ce que je savais au sujet du fromage blanc, et j'ai ainsi retrouvé dans ma mémoire des particularités que je ne soupçonnais pas.

Blanc

Le fromage se décline en une gamme infinie de variétés. Avant que je commence à voyager de par le monde, je ne connaissais que le fromage blanc, principalement la variété appelée « stambouliote », le fromage *arîch*, qu'on laisse vieillir dans des récipients de terre cuite, marinant dans la moisissure de sel, ainsi qu'une troisième sorte inspirée de l'étranger et que les gens appellent pour cette raison le fromage *roumi*. Une variante de ce dernier se présente sous la forme d'une boule à croûte rouge et à la pâte bien jaune, d'où son nom de *falamank*, qui signale peut-être une provenance flamande.

Si je faisais la relation détaillée des fromages que j'ai découverts dans les montagnes kurdes, ou bien dans les villages d'Asie, ou encore dans les régions de France, je pourrais me livrer à des descriptions variées, citer des variétés insolites, mais pour aller au plus bref je dirais que de toutes ces variétés, la seule qui a subsisté en moi, c'est le fromage blanc « tonnelier », c'est-à-dire conservé dans des tonneaux de bois exclusivement fabriqués dans la région de Dumiât. Préparé selon cette méthode, il se marie fort bien avec le pain *baladi* sous ses trois formes. Enfermez un tout petit morceau de fromage dans une bonne quantité de pain, et vous voilà transporté par une saveur très riche. Le fromage est dense, épais, sa blancheur ne se compare à rien de ce qu'on associe habituellement à la couleur blanche. Ici c'est une blancheur ancrée, stable, dotée d'une grande profondeur.

Puisque j'ai cité le fromage, je me dois d'enchaîner sur la *halva*, cette crème onctueuse qui s'accorde si bien avec lui – comme les aubergines avec les pommes de terre –, peut-être parce que j'avais l'habitude d'en prendre un morceau après le fromage. Au vingt-septième jour, j'ai dégusté une galette de pain tendre avec un bon morceau de *halva* – je savais qu'après le quarantième jour je ne pourrais plus y toucher. La *halva* est une pâte riche qui s'obtient en écrasant des graines de sésame avec de l'huile – ne dit-on pas à celui qui est menacé de prison : « Je t'apporterai du pain et de la *halva…* » ? Cela, je l'ai expérimenté dans ma chair, apprenant par la même occasion à quel point l'homme aspire à quelque chose de sucré, surtout lorsque les repas sont chiches et qu'il a trop peu à se mettre sous la dent. À mes yeux, la mélasse brune est, de toutes les douceurs, celle qui comble le mieux cette pulsion…

Mais laissons pour l'heure la *halva* et la mélasse, qui nous éloignent de ce dont je voudrais parler ici : le fromage, avec lequel j'entretiens une longue histoire.

Je n'ai pas voulu différer l'attente plus longtemps… Au vingt-neuvième jour, je dînai d'un morceau de vieux fromage blanc, accompagné d'une galette de pain tendre. J'avais l'impression de le redécouvrir… Je m'employai à mastiquer lentement, étonné par la saveur que prenait le pain au contact du goût plus salé du fromage, je me délectais au point d'être complètement absorbé.

Le lendemain, je plaçai ce qui restait du fromage dans une assiette – il était bien blanc, tentant, attirant – et me forçai à ralentir le rythme, je redoutais de finir le pain prématurément et qu'il n'y en eût plus assez pour l'accompagner jusqu'au bout.

Le surlendemain, mon épouse se montra surprise quand je lui réclamai à nouveau du fromage et me dévisagea sans mot dire. Certes, elle se prêtait à mes désirs, mais ça ne l'empêchait pas d'exiger parfois des explications, tantôt de vive voix, tantôt par son seul silence. Je compris ce qu'elle voulait me signifier : les jours passaient et je gaspillais des occasions précieuses – n'était-il pas plus judicieux de savourer un de ces plats riches que je ne pourrais plus toucher par la suite, lorsque les quarante jours se seraient écoulés ? Je ne parvins pas à me justifier.

Cette fois, j'ai commencé par du pain tendre à souhait, la moitié d'une galette, puis j'ai poursuivi avec un autre bombé, plus dur – un morceau de sa croûte peut trancher le fromage aussi bien qu'une lame de couteau. À un moment, tandis que je mastiquais, j'ai touché du doigt cette subtile transition dans le goût, ce passage progressif d'une saveur nettement salée à une autre, située aux antipodes de la première, plus doucereuse, celle de la *halva* farcie aux amandes râpées. Encore un peu, et le goût que j'avais en bouche a dérivé vers les saveurs auxquelles je rêvais : c'était tantôt celle des oignons frits dans le beurre avec de fines tranches de viande, tantôt celle des crevettes enfouies dans un plat de riz, rougi d'avoir été mélangé à la sauce tomate et agrémenté d'épices afin d'en enrichir l'arôme ; à d'autres moments encore je pouvais presque palper l'onctuosité et la fraîcheur du *fetîr* baignant dans une crème fraîche dont l'écume n'en finissait pas de retomber. De temps à autre, ces sensations étaient entrecoupées par la saveur des tranches d'aubergines brûlantes que je dégustais, enfant, assis auprès de ma mère tandis qu'elle mélangeait la friture avec une spatule, ajustant la disposition des aubergines dans la poêle à frire de sorte que la cuisson soit bien homogène, comme si tous ces éléments retrouvaient rétrospectivement leur raison d'être dans la blancheur du fromage…

Marche

J'ai franchi le portail de l'hôtel et longé la façade, humant l'air par tous mes pores, attentif à tout ce qui pouvait surgir sur ma route, tous les repères connus et inconnus, tout ce que mes sens pouvaient capter et qui me bouleversait, me paraissait familier même si j'en ignorais la plus grande part, même si j'avais du mal à m'en expliquer le mystère. L'endroit était calme, l'air sec en dépit de la proximité du lac. À l'angle, j'ai obliqué pour longer les murs de bâtisses assez anciennes, et là j'ai soudain découvert les immeubles du Projet, comme l'appellent les ouvriers et les riverains.

Au commencement, c'était un terrain laissé à l'abandon depuis des temps immémoriaux, personne n'avait jamais réussi à le forer ou à y établir les fondations d'une quelconque construction, puisque les couches profondes recelaient, d'après la rumeur, des fossiles remontant à l'âge de pierre, à une époque antérieure aux dynasties pharaoniques; du reste, un panneau bien visible mettait en garde les passants, leur enjoignant de rester à l'écart de ce périmètre placé sous le contrôle de la Direction des antiquités. Cependant, grâce à ses réseaux d'influence, la société promotrice, fondée par un certain nombre de notables, avait réussi à passer outre. Après avoir établi des plans et édifié des murs d'enceinte, elle avait lancé une vaste campagne publicitaire, obtenant que les autorités acceptent de fermer les yeux.

Les promoteurs ayant désormais le champ libre, deux ans ne s'étaient pas passés qu'on avait vu émerger du sol ce quartier moderne, soigneusement cadastré, composé d'immeubles de même hauteur – cinq étages chacun – et pourvus d'amples entrées précédées de petits jardins. Les riverains faisaient assaut de faste, c'était à qui planterait les plus beaux arbres et ferait pousser les plus belles fleurs; les habitants des vieux quartiers environnants, émerveillés, prirent l'habitude de venir se promener dans les belles avenues tracées au cordeau.

Le Projet a fait l'objet d'une conception très étudiée: une avenue principale traverse tout le quartier pour aboutir vers l'ouest au fameux terrain vague, qui est resté clôturé et dont le statut échappe toujours à toute certitude : selon le réceptionniste de l'hôtel, il abrite un massif forestier fossilisé qui a été classé au patrimoine mondial et placé sous la protection de l'UNESCO ; l'employé qui m'apporte mon petit déjeuner tous les matins, quant à lui, croit savoir que le terrain appartient à un homme très influent, un requin imbu de son pouvoir et sans scrupule, mais qui n'a pas le temps de s'en occuper… on le voit sans cesse à la télévision, où il présente un visage figé, écrasé sous le poids des responsabilités. Le terrain est rongé par les mauvaises herbes et les arbustes sauvages, dont certains ressemblent à des figuiers, et puis d'autres plantes inconnues de moi ; cette végétation se raréfie progressivement jusqu'à disparaître complètement aux abords du lac, où elle cède la place à une plaine aride qui s'étale vers l'ouest à perte de vue.

Je n'éprouve plus le besoin de me servir de la canne, néanmoins je l'ai gardée à la main, sans doute pour ne pas rompre avec l'habitude que j'ai contractée depuis maintenant plus de deux mois, et aussi par crainte d'être de nouveau sujet à ces malaises subits qui me font tourner la tête, ou bien d'être attaqué par un chien errant. Autour de moi, l'étendue stérile se déploie dans toutes les directions, également vers l'est où se trouvent les collines percées de carrières de craie et de marbre blanc rare.

Je n'avais pas emmené mon épouse ; comme celle-ci s'en inquiétait, j'avais répliqué qu'ainsi je ne faisais que me conformer strictement aux directives du médecin, ce dernier m'ayant expliqué que la promenade devait s'effectuer seul, car converser en marchant coûtait des efforts, un surcroît de fatigue supplémentaire dont il valait mieux se passer – sinon je risquais d'épuiser mon cœur, dont la plaie n'était pas encore refermée. Pour l'heure, j'avais surtout besoin de l'exercer et de me réhabituer à marcher.

Je commence très doucement, m'obligeant à conserver durant la première phase calme et sérénité, comme si je me rendais à un rendez-vous pour lequel j'aurais tout le temps devant moi. Je prends la mesure des choses, j'essaie de m'imprégner du cadre environnant ; il vaut mieux se familiariser à l'avance avec le terrain qu'on va fouler : ses repères, ses bâtiments remarquables. Je sens ainsi s'insinuer en moi la spécificité du lieu dans lequel je me fonds progressivement.

Je suis en admiration devant le Projet, les belles baies vitrées qui au premier abord paraissent toutes identiques mais qui, à y regarder de plus près, sont conçues très différemment ; sans parler des aménagements apportés par les riverains eux-mêmes – mais même ces touches personnelles semblent s'harmoniser avec le décor, comme si elles s'inscrivaient dans un consensus collectif généralement difficile à trouver en pareille circonstance.

L'air est léger, différent de celui qui souffle dans la rue parallèle où se trouve mon hôtel. Les petits jardins sont conçus avec goût, paisibles, agrémentés d'arbres variés qu'on dirait plantés de neuf, et de fleurs dont certaines paraissent épanouies en dépit du froid qui règne à cette époque de l'année. La plupart des halls d'entrée sont pourvus de portes vitrées bordées d'acier trempé. Les résidences sont traversées de grands espaces vides aux formes régulières mais qui ménagent néanmoins des discontinuités – il faut parfois descendre deux ou trois marches pour accéder aux esplanades carrées ou rectangulaires sur lesquelles donnent les fenêtres et les balcons situés à l'arrière des immeubles.

Une balançoire blanche pour les enfants, des places de parking nettement marquées, légèrement au-dessous du niveau de la rue. Les allées qui conduisent aux portes d'entrée sont soigneusement asphaltées, il y a des souffles d'air qui, même si je ne saurais en dire la provenance, insufflent en moi une douce tranquillité, mais aussi une mystérieuse gratitude pour une multitude de gens dont les traits s'interpénètrent, tous ceux qui ont contribué à un degré ou à un autre à mon arrivée jusqu'à ces instants, jusqu'à cet endroit.

J'aspire à aller de l'avant, à pénétrer plus loin, mais l'indécision fait défiler sur mon visage une multitude d'expressions. J'arrive au bout de l'allée qui s'incurve en suivant la haie du jardin ; ce dernier ceint de trois côtés le bâtiment ancien qui trône à l'entrée du terrain vague. Je vois le déploiement du cosmos, le soleil, avec son disque plein, incandescent, j'essaie de le fixer durant une fraction de seconde mais je renonce aussitôt, aveuglé par la lumière. Je dévie le regard vers le bleu très pur du ciel, cette même teinte azuréenne qui m'est apparue durant la réanimation, tandis que je traversais les étapes de ce retour à la vie. Si je rattache cette teinte à des couleurs connues, c'est faute de mieux car, en vérité, je ne lui ai jamais vu d'équivalent, elle ne figure pas parmi mes couleurs de référence, pas plus que ces nuances prégnantes, déployées devant moi dans le firmament.

Je m'engage dans l'allée parallèle, hérissée de ralentisseurs – c'est le seul moyen de contenir la vitesse des conducteurs qui arrivent lancés à toute allure, particulièrement les plus jeunes d'entre eux. Il n'y a pas de commissariat dans ce périmètre, pis, on n'aperçoit aucun policier. C'est souvent le lot des zones d'habitation nouvelles : les officiers de police et les gardiens de la paix ne font leur apparition qu'à une phase ultérieure, avec les changements de l'urbanisation et les modifications de l'habitat.

Il n'en reste pas moins que le soin apporté à la conception est visible, de même que la propreté. Je veille à marcher à un rythme régulier ; c'est seulement une fois arrivé au bout de cette allée, quand je devrai refaire le chemin en sens inverse, dans l'allée parallèle, que j'accélérerai un peu la cadence. À présent, je peux mesurer le temps qu'il me faudra pour accomplir le tour du Projet. Malgré ma détermination, une sorte d'angoisse indéfinissable ralentit mon mouvement. Le fait d'avoir déjà reconnu les lieux devrait pourtant me rendre plus audacieux.

Quoiqu'il n'y ait personne ni aux fenêtres ni aux balcons, on sent bien qu'il y a des gens à l'intérieur, cette présence humaine que les habitants insufflent aux maisons quand bien même ils ne se montrent pas aux passants ou aux observateurs extérieurs : ombres derrière les rideaux tirés, échos de brouhaha, oscillations occasionnées par leurs déplacements ; même leur silence est perceptible à travers les fenêtres verrouillées et les cloisons muettes. Tout ce que je vois me paraît étudié avec soin, harmonieux. Avec l'accroissement du trafic et l'augmentation de la pollution dans la capitale surpeuplée, j'ai eu du mal à trouver un endroit adapté à cette période de convalescence que je dois traverser avec prudence, sans dévier en quoi que ce soit des directives données par mon médecin traitant.

Une musique parvient à mes oreilles, je n'arrive pas à dire d'où elle provient mais quelqu'un, manifestement, s'efforce de jouer d'un instrument, quelque part dans l'un des appartements de cet immeuble situé non loin de l'esplanade déserte.

Difficulté à trouver la mélodie juste, recommencements : il doit s'agir d'une sorte de répétition, peut-être les exercices d'un débutant ou un passage musical particulièrement ardu ; dans les deux cas, c'est une situation qui appelle l'empathie, qui fait venir à l'esprit des images troubles, incite à convoquer ce moment inaugural où j'ai commencé à prêter attention aux mélodies. Chez moi, l'écoute de la musique nécessite une concentration intense, je dois m'isoler et m'y consacrer entièrement – tout comme pour la lecture. Des amis m'ont conseillé de m'équiper d'un petit magnétophone muni d'un casque pour écouter de la musique tout en marchant, afin de briser l'ennui.

Je médite sur cette fillette qui arrivait à la même heure que moi en salle de rééducation, je la revois prenant appui sur le déambulateur, totalement absorbée dans sa tâche. La veille de mon départ, lorsqu'elle a entendu mon médecin me souhaiter un bon voyage de retour, j'ai eu la surprise de découvrir sur ses traits une très grande émotion ; elle était visiblement ravie pour moi et ses lèvres dessinaient un sourire lumineux...

« Alors, comme ça, vous rentrez demain au pays...

– Oui... je devrais y être après-demain, aux environs de seize heures trente. »

Elle a hoché la tête à plusieurs reprises.

« Formidable... formidable... Bonne chance... »

Bien que nous n'ayons jamais échangé un mot jusque-là, on eût dit tout d'un coup que son sort était entièrement lié au mien. Elle a esquissé un signe de la main, continuant à me faire ses adieux jusqu'à ce que je fusse sorti de la chambre. Son image est restée gravée en moi à jamais : elle portait un haut de coton bleu imprimé de motifs blancs, la tenue commune aux hommes et aux femmes en ce dixième étage où les patients recevaient pendant quelques jours leur traitement, une fois remontés de la salle de soins intensifs du septième. Ici, malgré la distance immense qui nous sépare, je me la remémore avec gratitude et aussi avec une curiosité aiguë. Comment s'appelait-elle ? Où peut-elle bien être à présent ? Je passe l'angle derrière lequel se trouve l'hôtel où je réside. C'est la deuxième fois que j'emprunte ce chemin, pourtant...

Ai-je déjà vu ce bâtiment ? Était-il déjà là ?

Un muret entourant un jardin d'où dépassent quelques arbres – je me fais la réflexion qu'ils ont dû être transplantés, à moins qu'il ne s'agisse de ces espèces à croissance rapide... C'est un immeuble de trois étages, tout en longueur : comment se peut-il que je ne l'aie pas remarqué avant ?

Au centre du mur, un portail de fer, surmonté d'une pancarte : « L'école hôtelière privée », mais je ne vois personne. Je presse le pas, il faut que j'essaie de garder le rythme. Si d'aventure je décèle quelque fatigue, il suffit de ralentir, mais dans le cas où la fatigue persisterait je dois m'arrêter sur-le-champ – j'ai toutes les instructions bien présentes à l'esprit. Une jeune femme se tient au balcon du premier étage ; quelle image de moi peut-elle bien avoir ? Mon regard ne l'a accrochée qu'une fraction de seconde, je m'approche de la limite du bloc d'immeubles, parviens à l'angle du terrain clôturé appartenant à la Direction des antiquités.

Je marque le pas, contraint et forcé. Le ciel est gris – du moins c'est ainsi que je le vois –, l'intensité de la lumière a changé, l'horizon paraît plus lointain, et les bâtiments qui semblaient encore proches il y a peu sont à présent bien distants. Dans le ciel, des nuages se sont amoncelés, formant à moyenne altitude une voûte compacte et désordonnée. Le soleil dérive lentement vers le couchant, la variation de lumière ne se borne pas à révéler ce moment où le jour se brise devant l'arrivée du crépuscule, elle affecte tout l'univers visible. J'ai l'impression d'arpenter une autre zone que celle que j'ai traversée quelques minutes auparavant, toutes les façades ont changé, les maisons sont maintenant enveloppées dans des ombres brunes, une sorte d'étrangeté affecte désormais leur apparence, on dirait qu'elles ont modifié leur position, comme si elles s'étaient mises à l'affût – est-ce que je ne serais pas en train de projeter mon propre état sur tous les éléments de la Création ?

Peut-être bien…

La musique semble provenir de nulle part.

Je me remémore des moments désormais bien lointains, ceux des après-midi de congé où je traversais seul le centre-ville pour me rendre à mon café : une musique douce s'échappait de la rue, étouffée par les rideaux et les portes closes. Je l'ignorais à l'époque, mais aujourd'hui je suis en mesure d'affirmer qu'elle provenait de l'intérieur d'une église. Cette dernière, pourvue d'une entrée monumentale et de murs de pierre massifs, était rattachée à une congrégation dont le siège se trouvait dans un pays d'Europe. J'ai conservé dans ma mémoire la mélodie et les pensées qu'elle faisait naître en moi.

Quant aux façades, elles continuent de m'inspirer du désespoir et de la nostalgie envers des époques que je n'ai pas vécues ou qui n'ont pas encore traversé mon existence. Au cours de la dernière année écoulée, mon regard sur les choses a changé, à présent c'est un regard d'adieu que je porte sur ce qui m'entoure, comme si je voulais saluer tout ce qui s'offre à moi. Il suffit que j'aille quelque part pour être aussitôt pénétré de la conviction que c'est la dernière fois ; il arrive que cette idée provoque des soubresauts jusque dans mon cœur, m'amenant à surveiller les battements affaiblis de cet organe qui, dans les jours ayant suivi l'opération, s'est trouvé maintes fois confronté aux défaillances et aux palpitations. Une amie m'a conseillé :

« Essaie de faire comme si tout ça n'avait pas eu lieu… »

Spontanément j'ai répliqué :

« Ça m'est impossible… »

En arrivant en bordure est du Projet, j'ai le sourire…

Aucun doute, je vais mieux maintenant, je suis bien rodé, plus, je suis presque en train de courir ; mais je dois essayer de conserver la cadence à laquelle je suis arrivé, de ne pas céder aux tentations subites. En abordant le côté ouest, je commence à ralentir graduellement, afin de retrouver le rythme que j'avais lorsque je me suis mis en route. J'ai déjà effectué deux tours de la zone, et j'aborde désormais le troisième par le flanc ouest. Je me rends compte que le choix de cette ville par le médecin n'était pas innocent : l'oxygène y est différent, porteur d'une vraie fraîcheur. Il est important d'évoluer dans un espace purifié. Le taux de pollution est sans cesse en hausse au Caire, de sorte que s'y promener devient fatigant, épuisant ; ici, on peut faire de longues marches sans que cela ne requière d'effort perceptible.

Certaines fenêtres sont ouvertes, des femmes se tiennent sur les balcons, étonnamment nombreuses. Je croise un grand jeune homme qui court avec, à ses côtés, un molosse retenu par une laisse solide, je m'arrête un instant pour contempler la scène – j'ai toujours eu peur des chiens – avant de reprendre ma marche. Voici l'école hôtelière, c'est donc bien que je ne l'avais pas remarquée à mon premier passage… Le portail est ouvert à présent, devant je remarque un homme enturbanné vêtu d'une *gallâbieh*, ce doit être un garde champêtre – il scrute un point indéfini. Il ne m'a pas même jeté un coup d'œil, en dépit de la rareté des passants.

Cette fois-ci, je prendrai bien garde à mémoriser les repères saillants, ceux qui ne sauraient changer en un court laps de temps. Certes, les bâtiments paraissent tous semblables, mais en aiguisant son regard on peut déceler certaines différences, qui doivent être encore plus marquées à l'intérieur. J'ai remarqué par exemple que les portails ne se ressemblent guère, chacun d'entre eux a son positionnement propre par rapport à l'espace de la rue, les allées sont de largeur variable et chacune a son dallage particulier…

Impossible de situer ce moment qui surgit soudainement de la mémoire. Impossible de repérer le jour, ou même l'année… Seules certitudes : l'intensité de la lumière, les eaux blanches de la fontaine, qui s'écoulent de manière parfaitement régulière, la vieille place de l'Opéra. Indéniablement, la scène se passe un vendredi. Qui sait ?… Peut-être…

J'aborde pour la troisième fois l'extrémité de l'allée ouest. J'oblique en direction du sud ; arrivé au bout de l'allée parallèle, il me faudra ralentir le pas. Il ne faut pas que mon pas soit trop rapide, le mieux serait de poursuivre pour encore un tour, sinon je serai contraint de m'arrêter brusquement. En fait, j'ai déjà bien décéléré ; d'ici, il est possible de contempler le déploiement du ciel, de l'embrasser dans toute son amplitude. Tout se passe comme si une immense perturbation avait soudain masqué la lumière, bien que le ciel soit limpide, dépourvu du moindre petit nuage. Le jour s'est tellement assombri que je ne peux plus distinguer l'horizon, le ciel se confond avec la terre, tous deux sont unis dans une même pénombre. Je perçois l'existence du mur bordant le terrain de la Direction des antiquités bien davantage que je n'en vois les contours. Ce qui m'étonne, c'est le décalage entre l'apparente brièveté de la promenade et l'intensité des changements qui semblent s'être produits dans le même laps de temps.

Que se passe-t-il donc ? Quel est donc le rythme qui régit cette zone ? Je reconnais tout de même les lieux jusqu'à un certain point ; des lumières tamisées ont commencé à filtrer derrière les fenêtres, mais dans la rue les réverbères sont encore éteints. Je suis contraint de freiner mon allure et de garder les yeux rivés au sol ; n'était la crainte de glisser au bas du trottoir ou de basculer dans quelque faille imprévue, je détaillerais les façades ou bien j'essaierais de m'imaginer les vies qui se trament derrière ces murs, ou encore me laisserais captiver par le spectacle d'une femme debout sur son balcon à scruter une direction indéterminée.

Les battements de mon cœur s'accélèrent ; j'ai beau lever le pied, mon pouls bat la chamade, une faiblesse mystérieuse s'empare de moi. Ce qui m'angoisse le plus, c'est la perspective de ressentir des douleurs inhabituelles : à chaque corps est attaché un dictionnaire qui en recense tous les maux, et ceux qui n'y figurent pas suscitent davantage d'inquiétude. Les portails des maisons se sont refermés et il règne un vide hivernal, bien qu'on ne soit pas encore entré dans cette saison. Il y a décidément loin avant que les premiers jours d'hiver s'annoncent. Combien de temps ? Je ne saurais le dire…

1998-1999

Table

RÉALISATION : PAO ÉDITIONS DU SEUIL
IMPRESSION : GROUPE CORLET À CONDÉ-SUR-NOIREAU
DÉPÔT LÉGAL : FÉVRIER 2007. N° 69165 (98031)
IMPRIMÉ EN FRANCE